JN065745

片想いと恋文
"Kataomoi To Koibumi"
片想いと恋文
"Kataomoi To Koibumi"
一穂ミチ
michi ichiho

HIBANA

MICHI ICHIHO

ヒバナ

H_I_B_A_N_A

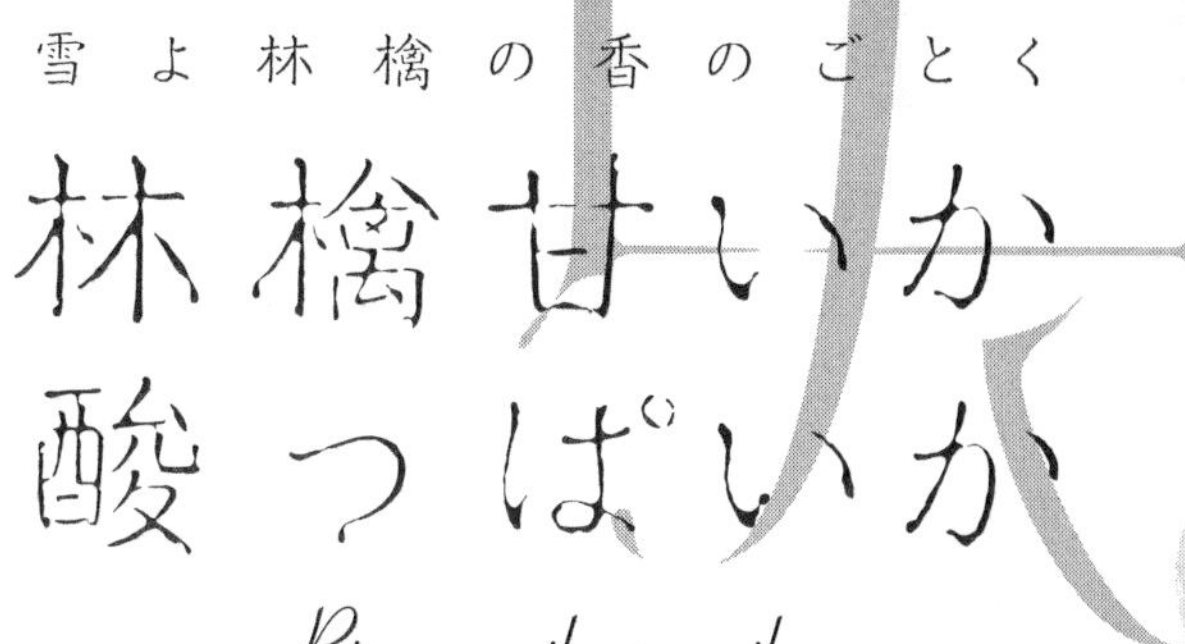
雪よ林檎の香のごとく
林檎甘いか
酸っぱいか
Ringo amaika suppaika
yukiyo ringo no kano gotoku

一穂ミチ

竹美家らら

NTENTS

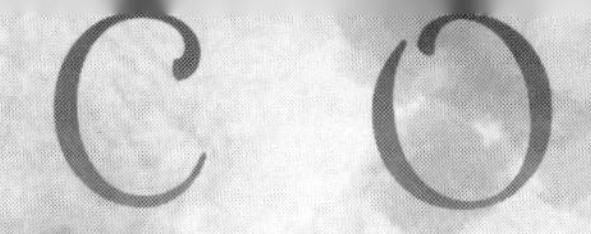

その他掌篇
153

unknown world

illustration

竹 美 家 ら ら

HIBANA

志緒：age18／桂：age31

COMMENT

同人誌印刷所の蛍光フェアを使いたくて、ポップな表紙をお願いしました。
キラキラのチカチカが好きです。
表紙詐欺で中身は暗めですが、局地的人気の柊くんが出てます。

by Michi Ichiho

深夜のアニメにしてもらったら絵ふうです。
過去最も納得がいっているうちのベストオブ志緒ちゃんです。
ロボットに乗って地球と担任教師を救ってほしいです。

by Lala Takemiya

初出：同人誌「ヒバナ」（2014年8月）

電車の窓から見上げた先には半月があった。半分だけど煌々と明るく、ふと、脳裏にあるフレーズがひらめいた。

——月の夜っていうのはつまらない、夜明けだか、夕方だか、真夜中だか分からない……。

あれ、何だったっけ。今の。俺が考えた？　わけないな。こんな気の利いたこと思いつくんなら違う「先生」になってるよ。

どこで見たんだっけ、としばし考えたがどうしても思い出せない。というか、これは単なる現実逃避だな。軽く頭を打ち振り、電車に揺られながらこの後やるべきことの順序を組み立てる。目的地は、初めて降りる駅だ。半面の月はどこまでもついてくる。

桂が、ごそごそと書棚を漁っている。一冊取り出してはぱらぱらと中をめくり、首をひねってまた戻す。その繰り返し。

「先生、何やってんの？」

「んー……昔読んだ本で、月の夜はつまらない、みたいな一文があったんだよね。どれだったたっけって気になっちゃって」

「小説なの？」

「それも分かんないんだよな。誰なのかも」

ひょっとすると図書館で借りた本かもしれない、すでに処分した本かもしれない、あるいは新聞や雑誌で目に留まった文章だったのかもしれない……と聞くと、手持ちの蔵書を捜索することは実りの乏(とぼ)しい作業だと思えた。

「よっぽど好きな話だったらもっとちゃんと覚えてるから、いい加減に読んでた本を中心に探してるんだけど」

取り立てて印象深かった、というわけでもないのならそもそも探す必要もなさそうだが、まあ、小骨が引っかかったみたいで気持ちが悪い、というのは分かる。

「俺も探そうか？」

「や、いいよ。めしにしよう」

昼にゆがいて食べたそうめんを、今度は野菜やベーコンと炒めるだけなのですぐできる。ローテーブルを挟んで「いただきます」と声を合わせたのとほぼ同時に、桂の携帯が鳴った。

「ちょっとごめんな――はい」

先に食べてて、と手振りで示し、ベランダに出て何やらしゃべっていた。志緒(しお)に聞かせない、ということは学校関係の誰か。学生のカレンダー上の「夏休み」など教職員にとっては何ほどの意味もない、というのは桂とつき合うようになって知った。

長引きそうなら食べよう、とひとまず箸をおいて様子見していたのだが、案外あっさり戻ってきた。

「悪い、待たせた」

「ううん」

しかし、腰を下ろそうとはしない。

「……どうしたの？」

「ごめん、ちょっとすぐ出なきゃならなくなった」

だからやっぱりひとりで食べてて、と桂から言わせるのは忍びなく、志緒はすぐに「分かった」と答える。

「ひとりで食べてるから、気にしないで。先生、何時ごろ帰ってくる？」

「……分かんね」

「じゃあ、俺も適当に帰るね」

「うん、ほんとごめんな、今度埋め合わせさせて」

「いいよ、そんなの」

自分のぶんにラップをかけると、ジャケットを手に持って慌ただしく出て行った。足音が遠ざかってから、志緒はそっとため息をつく。結構空腹だったはずなのに、食欲がすっかり減退してしまった。しかし食べ残すわけにはいかないのでコンソメスープと麦茶で流し込むようにして皿を空けると、ごろりと床に寝転がった。

桂は何も言わなかったけど、学校に行ったわけではないような気がする。わざわざジャケットを選んだ、ということはかたちばかりでも外向きの礼儀を示さなければならない場なのだと思う。

仰向けになると天井の明かりがまぶしすぎて、横を向く。つめたいフローリングに頬を押しつける。きょうみたいな呼び出しは、最近ちょこちょこあった。正確には、今年の春からぽつぽつ。新しく受け持ったクラスに何かしら問題があるのかもしれない。

いじめとか、不登校とか。すくなくとも志緒が在籍している時にはそんな問題をうわさにでも聞いたことはなかったけれど、毎年どんな生徒が入ってくるか分からないし――もしくはめんどくさい保護者とか？

本人が詳細を言いたがらない以上、こっちがあれこれ憶測を巡らせても仕方ない。でも、傍にいる日常からこんなふうにふっともぎ取られていってしまうのは、ずっと会えないよりも寂しい。

それに、何度も「ごめん」と言われるのはいやだった。先生のせいじゃないから謝らなくていい、というのは幼い論理で、逆の立場なら志緒だって申し訳ないから謝罪を口にするに決まっている。でも謝られるごとに却ってもやもやが溜まるというか――平気な顔で出て行ってくれと思っているわけじゃない――謝るしかない状況と、それを受け容れるしかない状況というのは双方ストレスで、こっちこそ電話が鳴る日に来たりしてごめん、と思ってしまう。自分がいなければ、余計な罪悪感まで背負わせずにすんだのだから。桂は、出かけて行った先でも、誰かのために頭を下げているのかもしれないのに。

好きな人の「ごめん」は、もっといざって時に言われたい。

志緒はのろのろと起き上がり、自分の食器を洗った。そして、本棚から何冊か抜き出し桂が言っていた本を自分でも探してみたが、見つからない。月の夜はつまらない、という漠然とした手がかりに従って「月」が題名やストーリーに含まれるものに目星をつけてみたが空振りだった。俺ができることってほんとに何もないな、と思った。

電車で帰る途中、建物の間からちいさく花火が上がっているのが見えた。実際はちいさくなどなく、ここから遠いだけなのだが、音も届かない地点で、夜空にあふれては散って弾ける色とりどりの光は、花火であって花火じゃないような気がした。無音の花火って、ふしぎだ。あの近くではどおんどおんと腹にずしりとくる低音が響き、見物客の歓声が絶えないのだろうに。

手のひらに握り込めそうな遠花火はすぐに遠ざかり、志緒は、今見たもののことを桂にメールしようと携帯を取り出したが、やめた。こんな能天気なこと送ったって、と思ってしまった。せめて自分くらいは気分転換になるようなメールを送るべきなのかもしれないが、妙な引け目のほうが先に立つ。桂が仕事に関して本気の愚痴などこぼさないから、余計に。

家に帰ると妹がまだ起きていて「しーちゃん！」とちいさな袋をぶんぶん振り回している。

「もう九時だぞ、寝ろよ」

「やだー、しーちゃんと花火する！」

「花火？」

母親が「商店街でおまけにもらったの」と補足する。妹の手にあるのは、五、六本入りのささやかな線香花火だった。

「お兄ちゃんとしたいんだって」

「寝る前に火なんか見て興奮しない？」

「夜に火遊びするとおねしょするとは言うわね」

「しーなーい！」

じゃあささっとすませるか。着火ライターと水の入ったバケツを持って庭に出た。

「先のほう持って……もっと身体から離さないと。うん、そう。火つけるから、びっくりすんなよ」

かちりとちいさな炎を灯し、火薬を凝縮した先端にかざすと、ぱちち……と闇の中に橙のしずくが浮かび上がる。その灯に顔を照らされた美夏がわあっ、と歓声を上げる。やがて花火はじじ……と入り組んだ蜘蛛の巣のかたちになり、しゅわわ……と風に流れる柳の涼しさになり、最後はちちち……と細い熱を儚く咲かせて、ぽとりと、吹きガラスのような珠を落として消えた。美夏の手から取り上げ、水につけるとしゅっと最後の音を立て、あとにはうっすらとした煙と、すっぱ苦い匂いだけが漂う。

「もう終わっちゃった」

妹が不満を洩らすので「確か、こうすればいいんだよ」と、火薬部分よりすこし上をきゅっとひねってやる。

「で、この角度で持つ。このままな、動かすなよ」

花火を斜め四十五度に固定させて再び点火すると、今度は明らかにさっきより長保ちした。

「すごーい、しーちゃんの言うとおりしたら長生きしてるよー。しーちゃんえらいねえ」

「はいはいありがとう」

「しーちゃん、誰に習ったの？」

「……さあ」

そう訊かれると、確とは思い出せない。自分でもそうしていた記憶がないので、本とかテレビで得た豆知識なのかも——先生のもの忘れがうつっちゃったよ。

「しーちゃん、ぼけた？」

「そんな言葉、簡単に使うな」

「しーちゃんだってすぐ『バカ』って言う！」

大人はいいんだよ、と子どもが納得しない論法ランキング一位を口にして、話題を逸らすために

「お前が生まれた日も、花火が上がってたよ」と教えた。

「ほんと？　みーが生まれたから、お祝い？」

「どこのお姫さまだよ……」

屈託のなさに呆れつつ苦笑した。そして、ずいぶん気持ちが軽くなっている。何の計算もなく和ませてくれるから、ちいさい子どもってすごいと思う。桂にとっての志緒だってそういう芸当ができていたのかもしれないが（時々、志緒には分からないことで褒められたり笑われたりしたから）、巧まざるユーモアみたいなものを発揮するにはいろんな知恵をつけすぎたし、かといって社会人の苦労にも共感してやれない。自分が何とも中途半端に思えた。

「……お前を、二、三日レンタルしてやれたらいいのにな」

「なにー」

とろける火球を眺めて志緒は「何でもないよ」と答えた。


――どう？　だいぶ楽になった？

――はい。

――でもまだ顔色悪いね。駄目よー、しっかり朝ごはん食べてこないと。

朝食以前に、こんなくそ暑い日にグラウンドで体育なんかさせるほうが間違っていると思ったが、おとなしく「はい」と答えた。保健室のベッドを囲むカーテンはエアコンの微風に揺れている。

――失礼します。

引き戸が開いて、聞き覚えのある声がした。

——桂先生、またビタミンもらいに来たんですか。

——違いますよ、受け持ちの生徒がぶっ倒れたって聞いて……先生、ごはん食べに行かれるんでしょう、僕が見てますからどうぞ。

——そうですか？　じゃあお言葉に甘えて。ちょっと貧血起こしただけみたいだから、五時間目からは出席させてくださいね。もし、けがとか病気の生徒が来たら携帯に連絡いただけますか？

——はいはい。

保健医と入れ替わりに、桂が顔を見せる。

——よう。

——……受け持ちじゃないじゃん。

——元ね、元。いいんだよ、向こうはそんな正確に覚えてねんだし。

嘘だってばれたらあとあと困らないだろうか、と志緒はすこし危ぶんだが、桂は平気な顔で丸椅子に掛けた。

——ビタミンって？

——口内炎(こうないえん)が最高潮の時、しゃべんのつらくてもらったんだよ。一回だけ、しかもおととしの話！　いつまで覚えられてんだか。ビタミンの錠剤なんか、飲んですぐ効くもんでもないし……。

軽くぼやいてから、ちょっとまじめな顔で「大丈夫か？」と覗き込んだ。

——くらっとしただけ。

持久走だったし、合法的に抜け出せてラッキーだった、と言うと「ばかもの」と軽く額を弾かれた。

——具合悪けりゃ最初っから見学すればいいだろうが。

——だって目の前で急にシャッター下りたんだよ。すこーんて黒くなって、あとは、線香花火みたいにぱちぱち光ってた。隅っこのほうで。

——ちゃんと朝めし食ったか？

と訊かれて志緒はすこし笑った。

——うん？

——先生って、みんなおんなじこと言うから。

——ごまかすなよ、食ってないだろ。

——お腹空いてなかったし。

——空いてなくても食べるんだよ。……弁当は？　教室から持ってくるか？

——きょう、持ってきてない。母さんがご飯炊き忘れてて。

——そっか、じゃあ食堂でパンかおにぎり買ってくるわ。何がいい？

志緒はちょっと考えて「アイス」と答えた。軽く頬をつねられる。

——きみはねえ、今の俺の話聞いてた？　めしを食えっつってんの。

——だって……。

——だってじゃない。青い顔してやつれてんのとか見んの、俺がつらいわ。いいや、適当に買ってくる。

十分くらい経(た)って、今度はがさがさというビニール袋の音とともに帰ってきた。

——ほら、これだけ食べたら許してやるから。

三角のサンドイッチと、牛乳が差し出される。

——先生は？

——次、授業ないからそん時食堂行く。今混んでるし。

——いただきます。

自分だけが、目の前でものを食べるというのは何だか気恥ずかしいとその時知った。ハムも卵も、味なんてしなかった。でも緊張を悟(さと)られるのはもっと恥ずかしかったから、単に食欲がないふりで、もそもそ完食すると「えらいえらい」と頭を撫でられた。

——じゃあ、ごほうびをあげよう。

袋の中身はまだあった。うっすら霜(しも)を着たカップのアイスクリーム。ハーゲンダッツでもレディボーデンでもない謎のメーカーの、それもバニラだけが学食で売られている。

——……ありがとう。

ふたを開け、セロファンの中ぶたをめくって木の匙(さじ)を突き立てたが、まだかちかちだった。

——固い……。

——学食の冷凍庫強力すぎんな。貸してみ。

桂が、円周をこそげるように白いアイスクリームをすくい取り、口元に持ってきた。

——いいよ、自分で食べる。

——いいからいいから。

看病プレイぐらいさせてよ、と志緒の照れを明らかにおもしろがっているので、仏頂面(ぶっちょうづら)で口を開いた。舌の上でつめたい甘さがたちまち溶けていく。

——おいしい。

——サンドイッチはいやいや食べてたくせに、現金だなー。

桂は苦笑して、自分でもアイスを食べた。木目のスプーンはふたりの間を行ったり来たりする。

——そういえばさ、線香花火を、長保ちさせる方法知ってる?

——知らない。

——先のほうに火薬が入ってるから、その上を、ちょっと締めるみたいにひねってやればいいんだよ。あと、地面に対して花火を四十五度で持つ。

——ほんと?

——ほんとだよ。今度試してみようか。

——うん。

廊下では普通に生徒が行き交っていて、グラウンドでは運動部が昼練の真っ最中で、その活気は保健室の中の、白く四角く区切られたカーテンの中にまで届いてきた。

誰も誰も、来ませんようにとどきどき祈りながらこっそりキスをした。バニラの味より、自分の汗の匂いが気になって仕方がなかった。

「――そうだ」

ベッドの中――保健室じゃない――うとうとまどろみかけていた志緒は思わず起き上がった。

「え、なに、どした」

傍ら(かたわ)で本をめくっていた桂が驚いて顔を向ける。

「線香花火」

「え?」

「――の、長保ちのさせ方を、先生が教えてくれた」

「……夢の話?」

「違うよ」

二年の時、俺が貧血起こして保健室で――と説明すると、ようやく「ああ」と合点(がてん)がいったようだった。

「それがどうかした?」

「いや、どこで聞いたんだろうって思い出せなくて、考えてたから」

「ふーん」

胸の上で文庫本を裏返した桂を、見下ろす。

「……先生が、きらきらしてた」

「は？」

「あの時」

「そりゃあ」

若かったし、と苦笑いされた。

「違う、そういうことじゃない」

「あとは、きみがまだ俺に対して新鮮な気持ちだった」

「違うってば――」

その時また、着信音が鳴った。桂は、一瞬止まった。止まって、それからぎゅっと唇を引き結んで携帯を手に取り「はい」と応じた。

「はい、はい――分かりました。すぐに、はい」

短い通話が終わると、志緒の存在を今さら思い出したように見つめ「ごめんな」と頭を撫でた。記憶の中にある「えらいえらい」とは全然違う手触りだった。

「――……ううん」

着替えて、玄関に向かう桂を一度だけ呼び止めた。

「先生」

「ん？」

「言ってた本、見つかった？」

「いや。ま、さっきの志緒ちゃんみたいに、ふとしたきっかけで思い出すかもしれないし」

「そうだね。……行ってらっしゃい」

「うん」

不快にさせたかもしれない。「あの時はきらきらしてた」なんて不用意な発言だった、でも記憶へ短い旅をして、今の桂を見たらものすごく疲れているのが一目瞭然で、言わずにいられなかった。年齢やこっちのテンションの問題じゃない。

電話を取る寸前、桂は確かにため息をつきかけていた。すんでのところでそれをこらえた。きっと志緒から見える以上に、いろんなストレスを我慢して呑み込んでいる。

──やつれてんのとか見んの、俺がつらいわ。

あの時の桂の気持ちが、本当によく分かる。

先生。

線香花火試そうって言ったの、覚えてる？

「うーん、ちょっと分からないですねえ……もうちょっと何か、ヒントみたいなのないですか？」

「いえ、これだけで」

「書誌検索は試してみられました？」

「一応は」

　大学の図書館まで足を運んでみたものの、月の夜はつまらない、というキーワードだけでは何も引っかからなかった。司書も首をひねる。

「すみません、お手数かけました」

「いえ、こちらこそお力になれなくてごめんなさい」

　空振りは予想していたから、それに対する落胆はなかった。ただ、何でもいいから桂のことで動いていたかったので、結果が出てしまうとあてがなくなり、また自分のもどかしさを持て余す。手段と目的がごっちゃだ。何の本か判明したからといって、「ああすっきりした」程度で、大喜びするわけでもないだろうに。

　カウンターを離れると、知り合いに出くわした。特に悪い遭遇ではないのに「出くわした」という表現がふさわしい気がする相手だ。

「探しもの？」

「『月の夜はつまらない』っていうフレーズが入ってる本」

「それは、正確な文言（もんごん）？」

「さあ」

「もうちょっと的(まと)を絞(しぼ)ったほうが効率がいいんじゃないかな」

「ほっといて」

「八つ当たりされても困る」

「困ってなんかないくせに」

きびすを返した志緒に、椛(かこい)が言った。

「『月夜ってのは、つまらねえものだ、夜明けだか、夕方だか、真夜中だか、わかりやしねえ』」

え、と振り返る。

「正解かどうかは分からないけど、僕が思いつくのはこれくらいだな」

「……それ、なに？」

「太宰治(だざいおさむ)の『花火』。高校の現代文の教科書に載ってた」

「俺、覚えてない」

「三年の選択授業だよ。理数コース取ってたんなら習ってない」

「そっか……」

桂の家にある本や、もっと浅い接点で目にしたものではなく、仕事で使う教材。灯台下暗(とうだいもと)しってやつか。ひょっとするとそこまで頭が回らないほど何かに疲れているのかもしれなかった。持つべきものは記憶力のいい先輩——これで性根さえ腐(くさ)ってなけりゃな。

「ありがとう、助かった」

「嘘かもしれないよ」

「とりあえず信じる」

「ふうん……先生によろしく」

「は？」

「そんな殊勝な態度を取るからには、誰かのための探しものなんだろうと思って」

「……大きなお世話！」

注意されない程度の早足で日本文学のエリアを目指し、全集を片っ端から引くと、その短い話に行き当たった。すぐ読める。椿の言った文章も、確かにあった。物語に動かされるような心など持ち合わせていないくせに一言一句違わないのはちょっと気持ち悪い。

コピーを取って、家に持ち帰った。


その物語には「盛夏である」と書かれている。でも最初から最後まで花火の場面は出てこなかった。放蕩息子がいる。父親に逆らい、母親や妹の着物を持ち出して金を作り、女中を妊娠させる。四つ下の妹は、兄の更生を信じてじっと耐えている。でも、最後の、ぎりぎりの信頼の糸さえ兄に断たれてしまう。

そして半月の晩、兄と父が公園のボートに乗り込み、父だけが戻ってくる。次の朝、兄は死体で見つかる。事故なのか、殺人なのか。それは明らかにされないまま、妹のある一言で話は締めくくられていた。

ちょっと迷った。気分が上向くような話じゃない、むしろ逆だ。これ、読ませていいのかな。でも一応、作者と題名をメールしておいた。

夜になって、電話があった。

『ありがとう、すっきりした』

「ううん。何でタイトルが『花火』なんだろう」

『んー……バカ息子の短い一生に引っ掛けて？』

そんなきれいな生き方じゃなかったと思う。

「授業でもそんな適当に教えたの？」

『どうだったかな――あれ、俺、授業でやったなんて言ったっけ？』

しまった。桂の声が明るかったので、油断していらないことまで口走った。情報源についてはあまり言いたくなかったので、「りかの家で、昔の教科書めくっててたまたま気づいたから」ととっさの言い訳を用意する。

『そっか』

と普通に答えてから桂は「で、どこの教科書？」と尋ねた。

「え、だから、」

『そんなの載ってないんだよ』

　急に声が低まった。

「え?」

『「花火」ってのは原題でさ、本にまとめる時「日の出前」って変えてんだよ。改題前のタイトルで載せてる全集もあるかもしんないけど、教科書なら、うちで使ってるやつも含めて「日の出前」で統一されてる』

　やられた。嘘かもしれないよ、という軽口は半分本当だったわけだ。すこしずれた「正解」、それで何かが起こったらおもしろい、椿の考えはそんなところだろう。ふざけんなあの野郎。

『そんな、マイナーなほうのタイトルをいったい誰に教えてもらったわけ?』

「……椿さん」

　こうなっては仕方がないので、正直に白状した。電話口からは遠慮のないため息が聞こえた。

『何でよりにもよって……』

「敢えて訊きに行ったわけじゃないよ、たまたま」

『なら最初っからそう言え』

「……ごめん」

　そうだ言えばよかった、本当に大した話じゃない。でも、名前を出せばいい顔をしないに決まっているし、わずかな心配でもさせたくなかったから――自分が言われたら、言い訳だとそっぽを向くような理由しか浮かばなかった。

『あいつに教えられるぐらいなら、分かんないままでよかった』

「そこまで言う？」

志緒は自分のうかつさや浅はかさが後ろめたいし申し訳ない、だから言い返してしまう。

『関わってほしくないいっつってんだろうが』

「だっておんなじ大学だよ」

『学部も学年も違って、接点持つほうが難しいだろ』

「だから偶然なんだって――」

その時、ぷつ、と断線めいたノイズが入った。

『……ごめん、キャッチ入った』

志緒は、切れた携帯を枕に投げつけ自分もベッドに沈没する。この程度のけんかなら初めてというわけじゃないが、原因が原因なだけに気まずい。

またかける、とか、メールするから、とか、そういうフォローがいっさいなかった。

あの、例の電話なのか。またどこかに、疲れるのが分かりきっているところに行くのか。

枕に伏せてぎゅっと目をつむると、暗いまなうらの隅っこでちりちりと糸のような火が散っていた。

その火を、どのくらい眺めていただろう。いつしか真っ暗になり、夢の中にいた。山と積まれた線香花火に片っ端から火をつける夢だった。つけてもつけても、すぐに弾けきって消えてしまう。花火の寿命を引き延ばす方法を、自分は確かに聞いたはずなのに、そのやり方も、誰から聞いたのかも思い出せないのだ。火薬の匂いが鼻やのどをふさぎ、痛くて痛くて涙が出る。


頭を揺さぶられた、と思った。でもそれは携帯が着信している振動だった。

「……はい」

『今から出れる?』

桂はいきなりそう言った。

「うん」

志緒は答えた。

「すぐ行く」

『いや、電車動いてねーよ』

「え?」

『今四時半。朝の』

「あ、そうなんだ……」

電気をつけっぱなしで眠り込んでいたから分からなかった。といっても外も、夜とさして変わらない暗さだろう。日の出前。

『実は、車でそこまで来てんだけど。こんな時間に不審車両がうろうろしてたらやばげなんで』

「分かった」

大急ぎで歯磨き（はみがき）と洗顔だけすませて、着替えもせず家を出た。助手席に乗ると、桂はいつもの顔で「ドライブしよう」と笑った。

新聞配達のカブとすれ違いながら住宅街を抜け、車は走る。桂の中で、目的地は特にないようだった。東の空にぽっかりとしたオレンジの円が昇ってくる。線香花火の先っぽの色だ、と志緒は思った。すると、桂も同じ連想をしたのか「『花火』ってタイトルはさ」とつぶやいた。

「ずっと、駄目な兄貴を信じ続けてた妹の気持ちのことかもしれないって、思った」

姿を現した、と思うと、太陽の上昇は早い。あっという間に影を光で塗りつぶすから、車の中にも白い朝があふれた。

「兄さんは悪い人じゃない、兄さんは可哀そうな人だ、って、きれいだけど、役に立たなくて、燃え尽きて消えるのが最初から決まってる気持ち」

「きれいかな。俺は、ああやって甘やかすからどんどん駄目になってくんだと思ったけど」

「そうだな」

桂は頷き「ちょっと一服していい?」とコンビニの、無人の駐車場に車を停めた。缶コーヒーを二本買って志緒が戻ると、煙をくゆらせながらどこでもないところを見ている。

「先生」

「……四月から転入してきた生徒が」

唐突に話し出した。

「成績も授業態度も申し分なかったんだけど――万引きするんだよ」

その言葉が、煙草より苦かったように顔をしかめ、吸い殻を灰皿にねじ込んだ。

「消しゴムとかリップクリームとか、他愛ないものばっかかなんだけど」

「それで、電話かかってきてたの?」

「うん。その都度、店に謝りに行って。保護者は仕事が忙しいとかで全然つかまんねえしさ、でも示談ですむんならお金はいくらでも払いますって態度」

「ひどいね」

桂は苦笑で返した。もう、そういう憤りの段階を通り越した感じだった。

「本人は――女の子なんだけど――ばれるたび泣きじゃくって、もうしませんって言って、責め立てるほうが申し訳なくなるような態度取るんだよ。だから店のほうでも警察沙汰まではって許してくれて。同じ店では二度としないしな。反省文もまあ、しおらしく書いてくるわけ」

ハンドルの上で両腕を組む。

「俺、大概のことは、お仕事ですからって割り切れるぐらいにはつめたいつもりなんだけど、ああいう生徒は初めてで……。説教のボキャブラリーも尽きたし、職員室でも貧乏くじ引いてかわいそうって感じで妙に優しくされるし、店に謝りに行って、どんな教育してるんだとか言われると、いや俺も知らねえよって思う。でも、知らねえよって言っちゃいけないのが先生だからさ。盗みってかたちでしか出せないサインがあるんなら、俺はそれを見つけなきゃいけない」

「……うん」

「でも、ゆうべは……おばあちゃんが個人でやってる、小学校の近所に必ず一軒あるみたいなさ、そういう文房具屋で……そのばあちゃんが、警察に通報しますって頑として譲らなかった。前科がつくつかないは別にして『なかったこと』には絶対しないって。えれー迫力あるばあちゃんでさ、小学校の先生、定年までやってたんだって。そりゃあ、俺みたいなぺーぺーじゃかなわないよ」

「そんなことないよ」

「あるよ。あなたはこの子を更生させられると本当に信じてますか？　って冷静に訊かれて、返事できなかったもん。常習犯なのもお見通しだった」

――兄さんは可哀そうなひとだ。

――私はもう一度、兄さんを信じたい。

「この子が悪いんじゃない、この子はもう病気だ、それなら、警察のお世話になるほどの問題だっていう前提で、病気をちゃんと治してくれるところに行かせなさい、あなたの手には余るって、校長先生も一緒に懇々と諭された。そんで結局、そういう……盗癖専門のクリニックに行って学校は休学するって、三時ぐらいまでかかって決まった」

桂が、腕の中に突っ伏した。

「……俺は、」

「——よかった」

と志緒は言った。

「いなくなってくれてほんとによかった。だってもう、電話で先生連れてかれずにすむもん」

桂に言わせてはいけない、と思った。正直ほっとした、なんて告白させてはいけない。いつかかってくるか分からない電話に構えて、やってもいないことで頭を下げ続けて、それでもひとつの弱音も吐かなかったのだから。生徒を疎んじてしまう気持ちを、志緒にだけは見せたくない、と思ったに違いないから。

先生のバカ。鼻の奥に火薬が染みたみたいに痛い。声を詰まらせて繰り返す。

「よかった。俺は嬉しい」

「……志緒」

桂が顔を上げ、涙で濡れた志緒の頬をぬぐった。

「ありがとう。ごめんな。ありがとう……」

やっと聞けた、いざって時の「ごめん」だった。

早朝チェックインができるビジネスホテルに入ると、桂はこときれたように寝入ってしまった。今まで、よほど睡眠が浅かったのだろう。志緒も横になっているうちに眠り込み、夜まで目覚めなかった。

真っ暗な部屋が、ほのかで不規則な光に明るむ。どん、どん、という低い音。うっすら目を開け、外を見てその正体に気づいた志緒は桂を揺り起こした。

「先生」

「ん……？」

「……見て、あれ」

「――おお」

窓から見える、ガラス張りのオフィスビルに花火が映っていた。音はすれどもそのものは見えないけれど、確かにある。鮮（あざ）やかな火のすじがガラスの壁面を繰り返し、走る。

「何か、得したな」

「うん」

キスをされた。舌に舌で応（こた）えると、桂が「いて」とちいさくうめいた。

「どうしたの？」

「いや、口内炎できてて」

「ビタミン持ってないよ」

「どうせ効かねえ。……舐めて治して」

「いいよ」

下唇の内側を探る、ちいさく腫れた火種を見つける。舌で撫でるたび、鋭い痛みが火花になって桂の中で弾けているだろう。窓の外の花火が終わっても、志緒は熱心に火をつけ続けた。

いちご甘いか酸っぱいか

ICHIGO AMAIKA SUPPAIKA

志緒：age 19／桂：age 32

いちご甘いか酸っぱいか

COMMENT

林檎よりいちごを食べている回数の多そうな人たちですね。
志緒ちゃんのほうが大粒の品種をがぶっといくのが好きで
先生はちいさめのをちまちま食べたいタイプな気がします。

by Michi Ichiho

初出：同人誌「いちご甘いか酸っぱいか」（2016年12月）

徹夜で試験問題を作っていて、昼を過ぎると睡魔をどうにもこうにもかわせなくなり、ちょっとだけとベッドに転がったが最後、そのまま眠りこけてしまった。うっすら目が覚めた時には部屋に電気がついていて人の気配があって、というか台所の気配があった。食べるものを作っている。あー俺って幸せ、とまだ眠たい頭で思う。寝て起きたら好きな子がご飯の支度してる最中とか、覚めた先のほうがむしろ幸せな夢だ。

「……ごめん」

さすがに、あー幸せ、なんて能天気な本音を口にするのもどうかと思い、謝りつつ身体を起こした。夕方、志緒(しお)が来るまでにはちゃんと覚醒している予定だったのに。

「起きた？」

キッチンに立っていた志緒がベッドの方にやってくる。

「起こしてくれてよかったのに」

「よく寝てたから。ごはん、もうできるけど」

「食べる食べる」

ベッドから抜け出しながら、俺も志緒ちゃんちに行ってみたい、と思った。今現在の結城(ゆうき)家ではなく、まだない、いつかはあるだろう、志緒が自分の力で暮らす家に。それで、合鍵で入ったら志緒が寝ていて、起こさないように買いものをしたり食事の支度をしたり、要するに志緒がしてくれているようなことをしてみたいのだった。自分のテリトリーに迎え入れる一方なのは楽だし、何の不満もないけど、ふっとこう、うらやましくなったというか。

しかしそんな日はくるのだろうか。すくなくとも大学にいる間は実家だろうし、院に興味があるようなことちらっと言ってたし……遠いねえ。高校生だった時代も、それはそれはもどかしかったが(と志緒に教えてもあまり信じてくれないのだが)お約束どおりの実感として過ぎればあっという間、志緒ははたちを目の前にしている。これからの年月もまあ大体同じだとは思う。でも俺なんか、ドラマ的なピークはとうに過ぎて、この先の人生もきっとそこそこ平坦な気がするけど志緒ちゃんには山も谷もまだまだ控えてる。どんなアップダウンも、向こう見ずな跳躍で越えてしまうだろうけど。

「先生？　まだ眠い？　もうすこし寝てる？」

「いやいや、大丈夫。ぼーっとしてただけ。顔洗ってくる」

これまで百回くらい弄(もてあそ)んできた逡巡(しゅんじゅん)は、いつだって現実に傍(そば)にいてくれる志緒を見るとひとまず鎮静する。弱いな俺、いやむしろ図太いのか？

洗面所に行こうとして、玄関先にちいさな段ボールが置いてあるのに気づいた。

「荷物届いてた？」

「あ、うん、ごめん」

「え、何で」

「家にいる時みたいな気になっちゃってて、勝手にインターホンに出ちゃったから」

「いいよ、むしろありがとう」

繰り返し鳴らされたら桂が起きてしまうかもしれない、と気遣ってくれたのだろうし。差出人は最近結婚した大学の友人だった。遠方で披露宴に出られず、お祝いだけ送ったのでたぶんそのお返しだ。開封は後回し、まずは夕飯をいただくことにした。

「常夜鍋？」

「うん、豚ばらとレタスにした」

「いーね、うまそう」

「後で入れるの、うどんと春雨どっちがいい？」

「春雨」

寝起きで喉が渇いているせいかビールが欲しくなり、冷蔵庫から缶を一本取り出す。つめたい炭酸で喉がきゅーっと絞られる感じは格別で、でも「ぷはー」とか大っぴらにやるのははばかられて深く息を吐くにとどめる。

「来月には志緒ちゃんと晩酌できるのかー」

「それ、うちの父親も言ってた」

「わざわざ教えてくれなくていーよ！」

「ビール、そんなに飲めなかったらごめんね」

まじめな顔で謝るのがかわいいから、さっきささやかに傷つけられたのは忘れる。

「いや別に無理しなくていいって。ところで志緒ちゃん、料理うまくなったなー」

「鍋なんか切って煮るだけだし」

「えーだって、昔は目玉焼きしか作ったことないって言ってたのに、大人になったねえ」

「大昔の話だから！」

　専業主婦の母親がいる家庭の高校生男子なんてそんなものだろうと思う。食事も弁当も作ってもらって当たり前、育ち盛りの食欲を制御できず、冷蔵庫の食材を勝手に使って創作料理……ていうのもないんだろうな。「お腹空くの好き」とか平気で言うし。桂だって昔は当たり前にできなかったし、今だってご大層な品を出せるわけじゃないので、別に料理ぐらいできなくたっていいじゃん、と思うのだが、志緒にとっては恥ずかしいことらしい。おもしろいのでついからかってしまう。

「俺はなーんにも教えてないのにいつの間にかレパートリー増えたよな」

「別に」

「家でせっせとお母さんの手伝いして覚えた？　これって結城家の味？」

「うるさいな」

「見たいなーその光景。映像化希望」

「もう、怒るよ！」

「時制が間違ってんな、怒ったよ、だろ」

　志緒はおもむろに桂のつけだれの小鉢を取り上げると、ゆず胡椒を大量投入した。

「あっ」

「怒ったよ」

「はい、よーく分かりました」


鍋が空になると、志緒が「いちごも買ってきたけど」と言った。

「ああ、じゃあ俺が洗うよ、手料理ごちそうになったし」

懲りずに「手料理」を強調すると、「いいから仕事してて！」ときつめに背中を叩かれた。それでも、台所に立つ姿をこっそり窺ってしまう。パックから出したいちごをざるに開けてていねいに洗い、へたを取り、傷んだ部分を包丁の根元でいちいち抉り取っていた。こっちは、かびてでもいない限り気にならないのだけれど。程度によりけりだが、熟しすぎた果肉の、アルコールっぽく発酵した甘やかさは嫌いじゃない。

「あんまりいいいちごじゃなかった」

志緒は不満そうに口を尖らせる。

「外から見た時は分かんなかったのに、変色してるとこ多い」

「そら、果肉同士触れ合ってる部分が傷みやすいから、どうしても内側のほうはそうなるだろ」

「先生、これのお金払わなくていいよ」

「バカ言ってんじゃありませんよ」

水滴をまとう果実を口に押し込んで黙らせた。志緒がゆっくり口を動かすと、微細な種――いや、こっちが本体なんだっけ？――がぷちぷちつぶれるかすかな音が聞こえる気がする。

「うまい？」

こくりと頷く。

「じゃあ俺にも食べさせて」

今度は首を横に振られた。

「なーんでー」

「何でも。自分で食べなよ」

と、ふたつめをつまんだ志緒の手を押さえ、強引に口元に引き寄せてやった。水に触れたばかりでつめたい。いちごよりむしろみずみずしくておいしそうな指の先までくわえると「バカ！」とさっきより真剣に怒られた。

「ん、甘い、いいいちごじゃん。冬のいちごって感じ」

「……どういう意味？」

「春のいちごとはちょっと違わない？　甘いのに硬いっていうか」

見かけも味も変わらなくとも、どこか潔癖（けっぺき）に思える。ああ、まるで誰かさん。

「品種のせいじゃない？　ハウスだとそんなに季節も関係なさそうだし」

「じゃあ、俺の気の問題かな」

「牛乳いる?」

「いや、いらない。志緒ちゃんはいちごミルク派?」

「俺もしない、でも妹は毎回する」

「幼稚園児だしね」

「スプーンでぐっちゃぐちゃにつぶすんだよ」

　志緒はかすかに顔をしかめた。

「かたちなくなるぐらいまで。この習慣のままだったらやだなって思う」

「お父さんみたいな心配するねえ」

　意趣返しとともにいちごを差し出すと今度は桂が指を噛まれた。

「まだ食べるのも遊ぶのも同一線上なんだから、粘土ごっこみたいなもんなんじゃないの」

「そうかもしんないけど……すっごいご機嫌な顔で、念入りに押しつぶしてんの見ると、破壊衝動みたいなのを感じるっていうか」

　吹き出してしまった。かわいい衝動だなおい。まあ、子どもって残酷な一面を無邪気に見せつけてくるものだけれど。

「それを怖いと思うのは、志緒ちゃんの中にも潜在的に同じ欲望があるからじゃない?」

　まだ子どもに近い存在として。

「そっか、それでか。怖いとまでは思わなかったけど」

激しく否定するかと思いきや、志緒はあっさりと認めた。火薬めいた衝動性を目の当たりにしてきた身としてはちょっぴりびびる。

デザートを食べ終え、ようやく玄関の荷物のことを思い出した。

「あ、あれ開けてみるか」

開封すると真っ白いタオルのセットと、もうひとつ、かわいいラッピングの小袋が入っていた。

「……何だこりゃ」

中身は、手のひらにゆうゆう載るちいささの、サイコロ型の赤い物体だった。上にはちょこんとちいさな葉っぱの飾りがついて、四角いりんごみたいになっている。

「付属品いっぱいあるね。種と砂だって」

説明書好きの志緒が目を通して教えてくれたところによると、シリコン製のミニ栽培キットであるらしい。

「葉っぱのとこ外して、フィルターに種と砂入れるんだって。それで、ペットボトルの口に挿すか、この、下の切れ込みをコップのふちに引っかけたりしてセットする……先生、いらない食器とかある？」

「たぶん」

誰にもらったのか覚えていないココット皿に水を入れて持ってくるとちょうどいい大きさだった。

「これで、後はたまに水やればいいみたい。四季なりいちごだって」

「実がなるの？　こんなおもちゃみたいなので？」

「大丈夫なんじゃない」

志緒は楽しげだった。陽当たりがいいベッドのヘッドボードに、りんご型のいちごの種を置いて「ちゃんと育ててね」と念を押すので若干のプレッシャーを感じる。


「あれ、どうした、これ」

服を脱がせている時、二の腕にあざを見つけた。

「学校で、扉にぶつかった」

「痛い？」

「ううん、もう治りかけてるし」

すこし前は青かったんだろうな、という茶色をしていた。陽に当たらず、色がうすい部分だから結構目立つ。指で触れると、志緒はくすぐったそうな表情になった。

「……そういえばこの間のいちご、おいしかったね」

「うん？」

「ホテルのバーで飲ませてもらったの」

「ああ、成人式ん時の」

「そう」

「誕生日過ぎたらまた行こう。そしたらアルコール入れて作ってもらえるし」

「うん」

いちごの話をされたので、嬉しそうに笑う志緒のあざが、果実の傷みたいに見えてくる。さっき志緒が刃物で除いた、腐食(ふしょく)の茶色。痛々しさに却って歯を立てたくなった。志緒は、時々動物で、時々植物にも見える。基本的に無口で、あれこれ訴えない。ひっそりとひんやりと、けれど確かに伸びていく。

抱きしめると、背中に巻きつく腕はつるのようだった。


「……ほんとに、大人になったな」

「な、んで、今言うの」

「いや、今思ったから」

「やだ」

肩甲骨(けんこうこつ)の上を引っかかれた。

「だってさ」

「そ、それ以上言ったら、まじでおこる」

いや、だってさ、と声に出さずに思った。初めて抱いた時と、全然身体が違う。体型じゃなくて、汗ばんだ膚がぴったり寄り添ってくる感触、桂の手や唇に応えて高まる体温、繋がってどこまでも受け容れてくれそうな体内のやわらかさ。セックスするごとに深く広く、志緒が自分を許してくれる気がする。

特に技術があるなんて思っちゃいないが、もし俺とつき合ってなかったら、こういうふうにはなってないんだよなあ、としみじみしてしまう。志緒が女の子を抱くところもなかなか想像しにくいが——いや、そうでもないか。これ、と決めたらすぐゲットしそう。そしてすぐ結婚しそう。植物だけど肉食。

「せんせい」

と志緒が呼ぶ。

「何で笑ってんの？」

「いや——志緒ちゃんから見た俺って、変わった？　うまくなったとかさ」

最初はこっちもそれなりにおっかなびっくりだったから、だいぶ勝手が分かってきたとは思ってるんだけど。果汁がしみ出したようにうるむ目が桂をにらみ「意地悪になった」と甘く責める。

志緒が、肘を立てて枕に身を乗り出した。

「どした？」

「いちご、気になって」

「揺らしたからひっくり返ってない？」

シーツの中で蹴られた。

「さっき蒔いたばっかで何も変わんないだろ」

「分かってるよ」

「芽が出るまでどんくらいだっけ？」

「一カ月とか」

「まだまだじゃん」

「分かってるってば」

「周りで踊ってみる？」

「何それ」

「ほら、トトロで……」

「もういい」

志緒はベッドに潜ってしまう。

「ところで、収穫までの所要時間は？」

「半年から一年」

「げ、長いな……」

「時々水足すだけじゃん」

「責任感ないから不安」

　うそばっかり、と志緒のくぐもった声がする。


　志緒の誕生日が目前に近づいた頃、ちいさな諍いがあった。

『いちごの人に会った』

　と志緒が電話で言ったのが発端だ。

「いちごの人？」

『あの、バーの人』

「あ、そうなんだ。道で偶然？」

『うん』

「よく顔覚えてたな」

『向こうが声かけてくれた。私服だし髪も下ろしてたから、最初全然分かんなかった』

「ふーん」

『ホテルは土日祝だけのバイトで、自分の店があるんだって』

「あー、俺も何回か行ったな、刑事ドラマの最後に出てくる『行きつけ』みたいな味わいのとこ」

『うん、ほんとそんな感じだった』

「え？」

『連れてってもらった』

へー、俺も久しぶりに行ってみようかな、じゃなくて。

「……志緒ちゃんひとりだったんだろ？」

『うん』

「まだギリ未成年なんだから、駄目だろーが」

『夕方で開店前だったし、コーヒー飲ませてもらっただけだよ』

「開店前って」

店はビルの地下一階にあり、表通りに声も音も響かないし、その時間帯なら周りの飲み屋も無人だろう。

「バカ」

つい頭ごなしに叱ってしまった。

「よく知らない人間にのこのこついてくなよ」

そして、頭ごなしに言われると志緒はほぼ無条件に反発するのだった。

『よく知らないって……先生の友達でしょ？』

「友達だけど、んな深いつき合いがあるわけじゃねーし、人格の保証までできねーよ」

『いい人だった』

「あーよかったね、でももうすんな」

『俺、女の子じゃないよ』

　分かってねーな、と腹立ちが増す。

「そーゆーんじゃなくて……いやしますよ、そーゆー心配もぶっちゃけしますよ、だってあいつの好みなんか知らねーもん。でもほかにもあるだろ、万万が一にも財布取られたりしたらとかさ。俺の友達だからお前が信用してついてって、そんで何かのトラブルに巻き込まれたりしたらこっちはもうたまんねえよ」

『……何もなかったけど』

「そう、だからもうすんなって言ってる」

　語尾を、ことさらはっきり区切る。志緒は黙り込んだ。桂はその表情を想像してみた。鼻のつけ根にしわを寄せて、唇を噛んで、電話を持っていない手をぎゅっと握っている。たぶん、だいたい合ってる。何か言おうとしている志緒と、それを待っている自分、どちらがより緊張しているだろうか。もっとマイルドな言い回しを選べば反発もすくなかったろうに、頭に血が上ってしまった。

『……先生は、』

きた。

『俺を子ども扱いしたいのか大人扱いしたいのか、どっち?』

「恋人として扱ってるよ。お前が四十でも五十でも心配は変わらない」

『うそ』

「何で」

『嘘っていうか……先生がいやなのは、「俺が知らない先生」を知ってる人と会ったことだ』

頭より言葉が先に走り出し、口にした志緒自身、自ら突いた核心にはっとしているのが何となく分かった。突かれた桂よりも。そして電話だから、カードを出し合うゲームみたいに、今度は桂が言葉を出すのが筋だろう。

「……かもね」

さしたる理由はない。仮に何を探られても、ただの友人が持っている情報などたかが知れている。

『何で?』

「ばつが悪いっつーか、そーゆー感じ……かな。逆に志緒ちゃんは、会う前の俺のことなんか知りたい?」

『知りたい』

志緒は迷わず答えた。

『普通の、大学時代に学食で何をよく食べてたのかとか、そういうのが分かったら嬉しい。……だって、恋人だもん』

「うん、そうだな」

桂は志緒の未来を気にかけ、志緒は桂の昔が気になる。

「あいつ、何か言ってた？」

『人当たりはいいけど、人に興味がない、って』

「はは」

結構見てるもんだな、友達って。

『怒った？』

「こっぱずかしいっていうのがいちばん近いかな」

ああそうか、志緒ちゃんにとっての料理、か。これは。

「でも心配したのはほんとだよ。あいつは友達だけど、それとこれとは違うんだ」

『……うん、もうしないね』

何かがひとつ通じると、互いの声がやわらかくなる。こんなに何もかも違うのに、自分たちは鏡みたいだ。


開店したての店はまだ空っぽだった。

「お」

「お疲れ」

カウンターの中で友人は軽く手を上げ、桂がスツールにかけると熱いおしぼりを差し出した。

「何飲む？」

「エーデルピルス」

「はいよ」

サーバーからピルスナーグラスになみなみつがれたビールを思いきり呷る。苦みが口の中で粒立つような、鮮やかな味。志緒もほかの客もいないから、おおっぴらに「ぷはー」した。

「おいビアガーデンじゃないんだよ」

ナッツの小皿と小言が一緒にやってくる。

「うまいなー、さすがこの一杯でたっかい金取るだけのことはある」

「ぼったくりバーみたいに言うな」

「……こないだは、俺の元教え子が世話になったみたいで」

夜には志緒と会うから、手っ取り早く本題に入る。

「ああ、あの子な。急に雨降ってきた日で、ほら、出て三軒向こうにパン屋あるだろ、そこに買い出し行ったら軒先で雨宿りしてた」

なにそのドラマみたいな遭遇の仕方、若干むかつくんだけど。

「で、ちょっとうちで休憩してる間に雨もやむだろうと思って声かけたんだけど」

ものすごく怪訝(けげん)な顔された、と苦笑する。

「最初、俺のこと分かんなかったみたいで、目の中に警戒ランプともりまくり」

「むしろお前がよく覚えてたな」

「接客業なんだから当たり前だろ。それにしても何つうか、ウォーリーみたいな子だな」

「は？」

ウォーリーって、あの探されがちな彼？　眼鏡もかけてなきゃ、赤白ボーダーの楳図(うめず)かずおルックでもないけど。

「全然似てねーし」

「探してるうちはどこにいるんだか分かんないんだよ、でも気づいた途端、今度はむしろそこだけ存在がくっきりしてくる」

「なるほど」

一理あるかも。一度見つけたら、もう見失えない。

「それにしてもすごいな、お前」

友人が言った。

「何が？」

「いや、彼、ものすごくまじまじと人を見てくるから。目が悪いのかと思ったけどそうでもないみたいだし。まばたきのたびにシャッター音がしそうで、サシだと何ていうか、独特の圧を感じる」

「本人、まったく他意はないけど」

「だから怖いんだろ。ああいう子にもの教えるって大変そうって思って。俺ならびびっちゃう」

「いい子だよ」

と桂は言った。

「よくも悪くもまっすぐすぎて誤解されやすい部分もあるけど、心のやわらかい、いい子なんだ」

「相思相愛だなー」

「はっ？」

何でこの流れでそんな四字熟語が？　胃で再びビールの炭酸が泡立つような動揺を覚えた。

「あの子もお前のこと、いい先生だって言ってたから」

「……あ、そう」

まぎらわしい表現すんなよ。緊張が引いていくと今度は面映ゆさが込み上げてくる。

いい先生、そんなわけがない。でも、そんなわけがないのを知っていて言ってくれている志緒の気持ちが嬉しい。

「お、照れてんの？」

「うるさいな」

「いつまで経（た）っても先生なんだなー」

「先生だよ」

そしてそれだけじゃない、という秘密は泡と一緒に飲み込んだ。友人の後ろにある、飾り棚の中の酒瓶（さかびん）にふと目が留まる。

「あれ、なに、茶色いの」

「ああ、これ？」

まだ封を切っていないボトルを出して見せてくれた。

「カルヴァドス」

それなら知っている、りんごの蒸留酒（じょうりゅうしゅ）だ。

「こんな、りんごごろっと入ってんの初めて見た」

首の細いブランデーボトルの中に、まるまる一個沈んでいる。琥珀（こはく）にゆらめくさまは、悪趣味な連想をすれば標本めいていないこともない。

「『ポム・ド・イブ』」

イブのりんご。

「気になる？　何か作ってやろうか」

「んーじゃあ、これといちごで頼む」

「何だよその女子みたいなリクエストは」

きもちわる、とぼやきつつ、迷いのない手つきで氷を砕（くだ）き、いちごをジューサーにかけ、酒と一緒にシェーカーで振り、炭酸水を入れたタンブラーにそそいでステアする。

「いちごのハーバード・クーラー風でございます」

「ありがと……うまいな」

「国語の先生のくせして、もっと褒め方があんだろ」

「超うまい」

「教育崩壊！　ところでこのカルヴァドス、どうやってりんごを中に入れたと思う？　当たったらその一杯はおごってやるよ」

「んー……りんごを納めてからガラスを加熱して変形させる」

「はずれ、罰としてボトル一本入れろ」

「タバスコでもいい？」

「ちゃんと飲めよ？」

「ストレートでいったら死ねるな。ところで正解は？」

「りんごの実がちいさいうちから瓶をかぶせちゃって、そのまま栽培してるだけ」

なるほど、何て単純。

「最初に考えたやつすげーな」

「で、大きく育ったら枝から切り離して、カルヴァドスを入れればできあがり。これが『ポム・プリゾニエール』――閉じ込められたりんご」

ガラスの中に閉じ込められ、どうやっても出られない。そのままの空気と陽射しを知らずに育つりんご。こんなに丸いのに、何ていびつな。

「飲みきったら、中のりんごは？」

「分別しないとだから、いちいち割って取り出してるよ。でもそのまんま食べてもおいしくないね、味が抜けちゃってブランデーがきつすぎる。さっき言ったパン屋がジャムの隠し味に使うっていうから差し上げてるけど」

「残酷っちゃ残酷だな」

「そう？　りんご一個食べるのなんかすぐだろ。でもうまみをぜんぶ差し出しておいしい酒になったら長くたくさんの人が楽しめる。りんご冥利（みょうり）に尽きてるかもしれない」

と、友人はバーテンダーらしい見解を述（の）べる。

「ま、どっちにしろ、りんごの気持ちなんか俺には分かんないけど」

そりゃそうだ。桂にも分からない。

「残ったボトル、俺が買い取ってもいい？」

「毎度あり。紅茶とかコーヒーに入れてもうまいよ」

「ありがと」

プレゼントはもう用意してあるけど、志緒が誕生日を迎えたら、これでお祝いしようと思った。

閉じ込めたくない、いちごをつぶすように志緒の選択を狭めたくない、と思っている自分はつねにいて、でも裏を返せばそれは、つねに閉じ込めたいと思っているということでもあった。出口のないガラス瓶の中、自分というアルコールで浸して窒息させたい。ぶよぶよ変色して傷んだ志緒にかじりつきたい。願望が衝動に移行しないのは、どんな仕打ちをしても志緒が自分を嫌いにならない、と分かっているからだった。嫌われることじゃなく、嫌われないことが、安全装置になっている。

「あ……っ」

志緒を抱く。前に見たあざはもう跡形もなく、それに安心しているのももちろん本当だ。

「志緒、気づいてた?」

「ん……なに?」

「いちご、芽が出てんの」

「見てなかった」

「ちゃんと責任持ってるだろ? えらいだろ? ご褒美ちょうだい――ほら、こうして」

「あ、やだ、そんなの、だめ」

互いの息が荒くなる。こうやってひそやかな夜に吐く濃密な二酸化炭素も、いちごの糧になるのだろうか。吐息を吸って芽を伸ばすだろうか。だとしたらうんと赤く、甘く結実しますように。志緒が本当に植物なら、互いの呼吸で命がめぐるというのは幸せに違いない。

「や、あ――気が早い、てば! 実がつくのがゴール!」

「半年から一年だろ？　待てない」

「何言ってんの」

首に腕を回して「あっという間だよ」とささやく。そこに込められた実感に性懲り(しょうこ)もなくしみじみしてしまう。

「あー、大人になったねえ」

「ばか」

おもちゃみたいな命が実りを迎えるころ、どんな志緒になっているのだろう。


母親と妹がお気に入りのベーカリーがあり、大きな本屋に出かけたついでに立ち寄ったら雨に降られてしまった。店内で悠長に焼き上がりを待つんじゃなかった。

パン生地に灰色をしみこませたようにやわらかな雨雲を、庇(ひさし)の下からぼんやりと眺めていると出入り口のドアが軽やかなベルを響かせて開いた。

「あれっ」

それが自分に向けられた言葉だと、最初は気づかなかった。

「ねえねえ、こないだ会ったよね」

「……は？」

にこやかな笑みを浮かべた男が立っていた。しかしまったく記憶にないので、とっさにキャッチや宗教の勧誘を連想して志緒は身構える。

「あ、このかっこじゃ分かんないか。成人式の日に、桂と一緒に来てたよね」

ほら、と手のひらで前髪を額に撫でつける。するとようやく、ホテルのバーにいた黒服の男だと思い出した。

「すいません」

「いいよいいよ。このへんに住んでんの？」

「いえ、家族が、ここのパン好きで」

「おいしいよね。傘は？」

「持ってないです」

「俺の店すぐ近くだからちょっと雨宿りしてく？」

言うが早いか、傘を広げて「行こうよ」と人懐（ひとなつ）っこく誘う。

「いえ」

「このへんコンビニすくないし、もしやまなかったら店の傘あげるよ。ビニ傘だから返却不要」

どうしよう、と迷ったが、いつまでも店の前に陣取（じんど）っているのも気が引けたので、お言葉に甘えることにした。ぎりぎり初対面じゃないし、それに、桂の大学時代の友達、というプロフィールに正直興味がある。

「ホテルにお勤めじゃなかったんですか」

「あれはバイト兼修行。ホームはこっち。雇われだけど——階段、急だから気をつけて」

カウンターのみの細長いバーだった。磨き上げられた木目や飾り棚のガラスやひしめくボトルが、暗いのに明るい、独特の光を放っている。

「何か飲む？　おすすめのワインあるけど」

「いえ、未成年なので」

「でも成人式したってことはもうすぐでしょ？　最近の子はまじめだなー、とか言ってたらあいつに怒られるか」

桂のことを「あいつ」と呼ぶ人間を初めて見たので、その一言だけで何だかどきっとしてしまう。

「じゃあコーヒーでも淹れよう、俺が飲みたいだけだから気にしないで」

冷蔵庫から豆を出し、ミルでごりごり挽き始める。

「桂ってどんな先生？」

国語の先生……ってそういう質問じゃないよな。ひと口にはなかなか言い切れずに答えあぐねていると「意外だったからさ」と桂の友人は言う。

「あいつが先生とか……人当たりいいけど、人に興味ないタイプでしょ。でもわざわざ教え子の成人祝いするくらいだから変わったのかな」

「先生は、」

どちらかといえば、周囲に興味や頓着がないのは志緒で、桂に叱られたこともある。なぜいけないのか、昔は分からなかった。

「先生は――いい先生です。ちゃんと生徒のことを考えてくれます。そこに仕事としての義務感しかなかったとしても、全然いいと思います。責任持って仕事をしてくれる、いい先生です」

仕事だけじゃいやだ、と駄々をこねたのは志緒だから、矛盾を含んではいるけれど、本音だった。

「そっか、ならよかった」

ごちそうになったコーヒーはとてもおいしかった。俺も先生に、じょうずにコーヒーを淹れてあげたいと思った。上達したらまたからかわれるんだろうが、それは、桂がちゃんと志緒の変化や成長を見てくれている証拠でもある。

だから桂は、旬も時期もなく、春夏秋冬、一生、志緒の「先生」だ。

志緒：age 17／21／15
桂：age 30／34／38

COMMENT

あまり童話を通ってこない幼少期でしたが（すっ飛ばして漫画に夢中でした）、
大人になってからぽろぽろ読んでみると新鮮な発見があります。
表紙のおおかみと志緒ずきんサイコーですね。

by Michi Ichiho

ケモミミもといオオカミ先生と赤ずきんちゃんです。
志緒ちゃん、うしろうしろー。
でも実際、捕食されちゃうのは桂先生の方だったりしますよね。

by Lala Takemiya

（かいじゅうたちのいるところ）

放課後、下校時刻を過ぎた教室をひとつひとつ見回っていると、居残っている女子生徒のグループを発見した。

「おーい、もう帰れ、校門閉めるぞ。いつまでしゃべってんだ」

「ちがーう、期末の勉強だよー」

「図書室でやればいいだろ」

「図書室だとお菓子食べれないもん」

「いらねーだろ」

「お腹減ると集中できないんですぅ～」

寄せ集めた机の上に散乱した箱や小袋の量は、どう見ても多すぎだったが。

「はいっ、英ちゃんにもあげる」

ポッキーを一本差し出されたが「お気持ちだけで」とご辞退申し上げた。

「そんなに食ったら晩めし入らねーだろ」

「英ちゃんおかーさんみたい」

少女たちはけらけら笑って「余裕」と頼もしく請け合ってみせた。

「むしろマックでポテト食ってくかとか言ってたもんね」

「はー……ほらほら、机とごみ、ちゃんとしろよ」

「はーい」

旺盛な食欲に呆れたが、よく考えれば、自分だって高校生の時は始終腹を空かせていて、一日五食くらい食べていた記憶がある。胃袋は時にブラックホールに直結しているのかと思うほどで、もちろん胃もたれとも胸焼けとも無縁。そうだな、そういうもんだったよなあ。


期末も終わった夏休み、志緒が家に来て勉強していた。三年生になるともう「宿題」という体裁のものはなく、赤点補習組を除けば、各自受験対策に励むのみ。志緒は指定校推薦で当確だろうから、桂は特に心配していないのだが、本人は「勉強嫌いじゃないし」というまぶしい理由で怠けない。プラス「ほかにやることないし」というのも結構すごい。

「浪人も結構いいもんだと思うけど」

「やだよ、不吉なこと言わないでよ」

志緒は手を止めずに顔をしかめた。

「いや、まじで。人生ののりしろ的な。大学で留年するのとかも」

もちろん、結城家にそれを許す財力があると想定しての話。家でかかったし、あのパパ、いかにも稼げそうな人だったし。

「やだってば。これ以上、一年も二年も遅れたくない」

誰に遅れたくないのかといえば桂で、志緒にとっては、大学を出て社会人になったら一応は追いついたことになっているらしい。嬉しいし光栄だけど、こっちはそれまでにどんだけメッキがぼろぼろ剥がれるんだろ、とひやひやしてもいる。

　志緒が完全に集中してしまうと、桂も邪魔にならないよう、ローテーブルにそっと置き土産だけして学校に出かけ、自分の仕事に励んだ。

「ただいま」

「おかえり」

　夕飯の買い物もして家に帰ると、ちょっとした置き土産――数種類の少量菓子――は手つかずのままだった。小鳥が餌台に来てくれなかったようながっかり感、て言ったら怒るんだろうな。

「志緒ちゃん、それ好きじゃなかった？」

　チョコやスナックを指して尋ねると、ちょっと首を傾げて「そんなことないけど」と答える。

「アイスとか果物のほうがよかった？」

「別に……どしたの、急に」

「いや、これまで、おやつって出してこなかったなーと思って。……やな顔すんなよ、子ども扱いしてるわけじゃなくって、間食とかしないの？」

「先生もじゃん」

「俺はもう育ち盛りを終えたの」

そういえば職員室にも、グリコの置き菓子がある。百円入れて好きなものを取り、定期的に補充してもらうシステム。大人だってちょっとしたおやつはつまみたいわけだ。桂は、煙草とコーヒー以外なら大抵キシリトールのガムなので、家にもおやつの備えはない。せいぜい、酒のつまみのナッツやチーズくらいだ。

「だってもう晩ごはんだし」

「入るだろ」

「入るけど、食べたいって感じじゃない。そういえば、何となくもの食べるのって嫌いかもしれない。あるから、とか、せっかくだから、とか。ほんとに食べたいものがその後に出てきたら悔しいから。俺、お腹空くの好きだよ」

「なるほど」

何で志緒の言うことってぜんぶ志緒らしいんだろう。人類の歴史を考えれば「ある時に食べておく」のが飢餓(きが)を回避する本能のはずだが、逆がいいとは。動物的なところと非動物的なところがこの身体の中に矛盾なく共存しているふしぎさを、桂は何度となく思う。

「変わった生き物だねえ、きみは」

「どういう意味」

「まんまの意味だよ。で、腹は減ってる？　手羽先(てばさき)と大根とツナ煮たやつと、しらすおろしと、卵サラダでいい？　みそ汁はめかぶ」

「うん」

食べたい、と志緒は言った。

とはいえ、やっぱり、同年代の平均に比べて食は細いほうだと思う。お代わりもあまりしないし、口に入れたものが喉を通るのすら待ちきれずにせっせと箸(はし)を動かすようなこともない。

「部活やってないからじゃない」とは本人の弁だ。

「身体動かさないから燃料もいらないよ」

「若い頃は息するだけで燃焼しまくってんだよ、新陳代謝の塊(かたまり)なんだから」

「実感ない。そういえば、うちの妹に絵本の読み聞かせする時があるんだけど」

「志緒ちゃんが?」

「うん」

「いいなー、俺にもして」

芝居っ気ゼロの志緒が、どんなふうに絵本なんか読み上げるんだろうという単純な好奇心によるリクエストだったのに「何言ってんの絶対やだ」と結構あからさまに拒絶されてしまった。

「いや別にお膝に乗せてとか幼児プレイを要求してるわけでは」

「変態！」

「理不尽だな！」

　志緒が言うには、二歳の妹が意味をちゃんと理解しているかどうかはともかく、絵本の好みは確実にあるらしい。

「いちばんお気に入りなのが『かいじゅうたちのいるところ』。知ってる？」

「名前だけは」

「途中に『たべてやるからいかないで』ってくだりがあるんだけど、いつもそこで大興奮する。きゃーって地面に転がって、スイミングの時みたいに手足ばたばたさせて。テンション上がりすぎるから、寝る前には読まないようにしてるぐらい」

「へえ」

「何がそんなにツボなんだろうって、引く」

「いや引くなよ」

　たべてやるからいかないで。いや、行くに決まってるけど。何の譲歩にもなっていない、ぶっそうな台詞（セリフ）だが、どんな内容なのだろう。数日後、教科の担当が集まって二学期の指導計画を打ち合わせた時、休憩中にその話をした。

「ああ、うちにもある、その本。息子が好きだったなあ」

「作者のエッセイには、子どもの頃の怖い思い出がもとになってる、みたいなこと書いてありましたよ。ほら大人って、ちいさい子に、かわいいから食べちゃうぞーとか言うじゃないですか」

「あるある。ほっぺたとかかじってみたりね。ほんとにもう、『うまそう』以外の何ものでもない。いやがられたけど」

「トラウマが原点なんて、ちょっと意外だな。てっきりリビドーの発露なんだと思ってた。『赤ずきん』もそうだけど、子どもにウケる読み物って特に、食べることは性的な意味合いが大きいから」

穿った見方をすれば、二歳の美夏は鋭敏にリビドーの気配を察して動物的な興奮を覚えて無邪気にはしゃぎ、お兄ちゃんは腰が引けてしまったのかもしれない。

「『食う』って言いますもんね、今。ずばりそのものの意味で」

ふとつぶやくと、人の悪いからかいをされた。

「桂先生も使います?」

「え、いやー……」

「使うよ～若いもん。私らの時代は『モノにする』とかでしたけど」

「え、今『モノにする』って使わないの?」

「『こます』は?」

「『スケコマシ』のこます? 死語でしょ～!」

そういや、芥川龍之介のラブレターにもあったな。頭から食べてしまいたいくらいかわいいみたいな……文豪に生まれなくてよかった。いや、生まれつくもんでもないけど。こんな、テンションMAX時の血迷った手紙が後世までさらしものにされるなんて同情を禁じ得ない。

他校の教師もまじえた研究発表とディスカッションの講座が設けられたので、学区の違う、同程度の偏差値の高校まで出かけた。先生って、夏休みは休んでるもんだと思ってたよ。

早く着きすぎたので、駅前の図書館に寄って「かいじゅうたちのいるところ」を読んでみた。叱られないよう、精いっぱい息をひそめておしゃべりする（でもついついボリュームの上がりがちな）ちいさなかいじゅうたちの間でページをめくり、なるほど、と思った。これは強烈だ。

昼すぎからのカリキュラムは、休憩もちょいちょい挟みつつ、最終的に午後九時半まで食い込んだ。ためになったしさまざまな刺激も受けたが、それ以上に疲れた。外食する、あるいは買い物をして帰るのさえ億劫で、空きっ腹を抱えてでもとにかく早く家に帰り着きたくて、まっすぐ駅に向かい、電車に乗る。

そして念願のおうちのドアを開けると、消したはずの電気がついていて、消したはずのエアコンの冷気が頬を撫でた。桂よりひと回りちいさいサイズのサンダル。

え、あれ、きょう、来る日だっけ。あしたじゃなかった？　——いや、俺が一日勘違いしてた。

「志緒ちゃん、ごめん」

慌てて靴を脱ぎ、中に入ると、志緒はローテーブルに突っ伏したまま眠っていた。待ちくたびれたのだろうか、悪いことをした。

「志緒、風邪引くよ」

しゃがみ込んで肩を揺すると、長いまつげの下に切れ目が入ったようにすうっと目が開き、そしてはっきりと焦点が合わないまま、唇がひらいた。

「……おなかすいた」

寝ぼけて、口にしてしまったのだろう。志緒がふだん言わない、誰もが言う、ありふれた、けれど確かに欲望の言葉。どうでもいいものはいらない、好きなものを飢えてから食べたい——何て欲深なことか。耳にした瞬間、背骨を熱い血が昇っていき、なのにぞくぞくっと鳥肌が立ち、身体の内外が暑いのか寒いのか分からなくなってくらくらする。おなかすいた、俺もだよ、いや俺のほうがだよ。腹減った。食いたい。

お前を。

肩を抱き起こしてすぐにまたフローリングに押し倒すと、志緒ははっきりと目覚めたらしく、ぱちぱちまばたきを繰り返して桂を見上げた。眼差しの、かすかな怯えに気づくと食欲はますます募る。こんなに食べたくてたまらない気持ちは、もうせつなさと呼んでいい。

「……先生」

「うん」

「今、何時？」

「十時半ぐらい」

「俺、もう帰んないと」

どうしたの、でも、どいて、でもなく、そんな逃げ腰な台詞しか言えない志緒がかわいかった。かわいい。かわいい。いとしい。食べたい。もう、どれでも一緒だ。片手を取って、手の甲にくちづける。

いかないで、と言った。かいじゅうの言葉、愛の告白を。

「お願い、行かないで。食べちゃいたいほどお前が好きなんだ。……食べてやるから、行かないで」

絵本の主人公なら「そんなの　いやだ！」と言う。でも志緒はまつげや唇をふるわせ、喉を裂かれて声も出ない獲物が最期に懇願する時のような、揺れる瞳に桂を映すだけだった。

あ、やばい、と思った。このままだとまじで食っちゃう。食べたくて喉が鳴る。歯が鳴る。頬にキスをするとすべらかな肌が微細に波打つおののきが伝わってくる。志緒はぎゅっと、桂のスーツの袖を握った。食われるのに、しがみついちゃうんだ。かわいい、好きだ。唇を食む。やわらかさと息の甘さにたちまち理性が燃え尽きてしまいそうだった。ん、とこぼれる声。

それに誘われ、もっと志緒の内部に入ろうとした時、ぎゅうっと、内臓を押しつぶすような音がした。

「……あ」

喉が鳴る。歯が鳴る。……そりゃ、腹も鳴るよな。「おなかすいた」って言うほど空いてたんだから。

「あー……」

桂が思わず笑うと、志緒の頬は一瞬で赤く染まる。それもいたくうまそうではあったが、さっきみたいな衝動を誘うものではない。

「ごめんごめん」

手のひらで頬をさすさすこすってやる。

「な、何で謝んの！」

「遅くなってごめんねだよ。俺も腹減ってる、あるもんで食おう」

突っ走れなくて残念な気持ちはあるが、ブレーキをかけてくれてありがたかった。食欲の、健全な側面で。

茹でたささみをほぐしてかつおぶしと塩こんぶと一緒にごはんにのせ、湯をそそいでごまをふりかけた。

「わさび使う？」

「ううん」

お茶漬けを前に、向かい合って手を合わせる。

「いただきます」

いつか、本当にいただきいただかれる時のために、もっと好きになって、もっと腹を空かせておこうと思う。

〈ぐりとぐら〉

大学四年の夏休み、妹がらみで幼なじみにちょっと（じゃないかもしれない）世話と心労をかけた。それで、お礼とお詫びをかねて何かおごる、と申し出たところ、りかはとあるカフェを希望した。

「前から行ってみたかったんだー」

白基調の店内には三角形のフラッグガーランドが下がり、こまごまと動物のぬいぐるみもディスプレイされていたりで、まあこういう機会でもなければ、志緒単体で足を踏み入れることはまずなさそうな空間だった。もちろん女性客ばかり。

「ここね、『ぐりとぐら』のパンケーキが食べられるんだって。ほら、みーちゃん、これこれ」

メニューの写真を見せられると妹は目を輝かせて「これにする！」と断言した。

「ストロベリーミルクも飲みたい！」

「私はハーブティーにしよっと。志緒ちゃんは？」

「コーヒーだけでいい」

ぶ厚いパンケーキは焼き上がるまで時間がかかるらしい。その間に、志緒は美夏にしっかり言い聞かせる。

「お前、絶対母さんに何も言うなよ」

「分かってるよお」

「何の話？」とりかが尋ねる。

「こないだのこと。どう説明しても余計な心配しかかけないから」

「あー……まあ、そうかなあ。でも志緒ちゃんが言うかなーそれ……」

「いいから、りかも黙ってろよ、パンケーキ食うんだろ」

「え、口止め料？　話が違うんだけど」

「秘密だよ、ひみつ！」

美夏は嬉しそうに人差し指を立て、それから両手で口を塞(ふさ)いで「いひひっ」と肩を揺らした。

「みーちゃん、ごきげんだね」

「『秘密』って響きにときめいてるんだよ」

「あー分かる。ちょっと大人のにおいがするよね」

「ねーねー、きょうは、しーちゃんの先生は来ないの？」

「んっ？」

りかが目を見開いて美夏を、それから志緒の顔を凝視(ぎょうし)した。言ったそばから余計なことを。

「志緒ちゃん……もう紹介してんの？　いくら何でもみーちゃんにはちょっと早いんじゃないかな」

「違うって！　こいつが猫拾った時にもらい手探してくれたり、夜店ではぐれて迷子になった時連れてきてくれたり……そういう、普通の交流」

「みーがねえ、家の前で泣いてたら、しーちゃんの先生が来て『お兄ちゃんのとこへ行こう』って抱っこしてくれたのー」

「そっかー、よかったね」

にこにこ頷いて聞いてから、ふと真顔に戻って志緒に耳打ちした。

「兄妹で三角関係とか、ほんとやめたほうがいいと思うよ」

「ねーよバカ」

「しーちゃんは、どうして今でもしーちゃんの先生と仲よしなの？」

割と冷や汗の出る質問だった。

「みーはね、幼稚園のさなえ先生が好きだから、来年小学校に行っても、さなえ先生にお手紙書いたり、さなえ先生と遊びたいのに、ママはダメだって言うの。さなえ先生は、みーの次に入ってきた子たちのお世話をしなきゃいけないから、いつまでもみーがくっついてたらいけないんだって。でも、しーちゃんはいいの？」

何と答えたらよいものやら、言葉に詰まっているとりかが助け船を出してくれた。

「それはね、しーちゃんはみーちゃんと違ってお友達がすくないからです」

「あー、そっかあー」

「でも、これも秘密ね？」

「分かった！」

幼なじみは志緒をちらりと見て「もう一回ぐらいおごってもらわなきゃだなー」とつぶやいた。

朝方、目が覚めた時、珍しくはっきりと空腹だった。そしてつい先日のパンケーキが脳裏に閃き、志緒は起き出して服を着る。

「先生」

「……んー……？」

「きょう、朝ごはん俺がつくってもいい？」

「いーよー」

なかなかまぶたが上がらないらしく、半端に開閉しつつ間延びした声で答えた。

「じゃあ、ちょっとコンビニで材料買ってくる」

「米もパンもあるけど」

「食べたいものがあるから」

「ふーん……行ってら……気ぃつけて」

「うん」

朝から凝った作業はできそうにないので、市販のホットケーキミックスを買い求めた。桂の家にあるいちばんちいさなフライパンに、卵と牛乳を混ぜた種を厚く流し入れ、ごくごく弱火でじっくり火を通す。両面まろやかなきつね色に焼き上がり、初めてにしてはそれなりにうまくできた。もう一枚……いや、そんなにいらないな。焼くのは楽しいけど、持て余しそうだ。ベーコンを炒めて、冷蔵庫の野菜と粉チーズと適当に和えた。

「……すんげーいいにおいするんだけど」

桂が起き出してくる。

「もうできるよ」

「ホットケーキ？　珍しーね」

「好きじゃなかった？」

「いや、久々だから嬉しい。何十年ぶりだろ」

「こないだ、カフェで『ぐりとぐらのパンケーキ』っていうの、妹が食べてたから。コーヒーでいい？」

「あ、俺がやるよ。うまかった？　ぐりぐら」

「俺は食べてない」

「何で。せっかくなのに」

「もしあいつが食べきれなかったらと思ってドリンクしか頼まなかったんだけど、ひとりで完食してた」

　スキレットのまま運ばれてきたパンケーキはそれなりのボリュームだったが、見事な焼き色と、つけ合わせのバニラアイス、ホイップクリーム、ホイップバターの魅力で、妹はぺろっと平らげてしまった。

「でもあれって、正しくはカステラじゃなかったっけ」

「うちに帰って本見返したらそうだった。卵の比重が大きいからじゃない？」

室温でゆるめておいたバターをさっくり削り、ちいさな気泡のぷつぷつ空いた表面に落とすと、たちまち黄金色にとろけていった。メイプルシロップは余らせそうだから買わず、たっぷりのバターだけで食べる。

「あ、うまい。端っこ、クッキーみたいにさくさくしてんね」

「長めに焼いたから」

「懐かしーな。特別に好きじゃなくても、ホットケーキって無条件に嬉しい感じある。何の刷り込みだろ。やっぱビジュアルが魅力的なのかな？」

刷り込みといえば。志緒は「昔、あの絵本怖かった」と言った。

大きな卵を見つけ、カステラを焼いて森のみんなで楽しく食べる——そんな他愛なくおいしそうな物語に、幼い頃、言いしれない不安をかき立てられた。それがどうしてか分からないままとっくに忘れていたが、大人になって読み返すと、分かった。

「卵でかすぎとか？」

「大きさもだけど、何の卵なんだろうって」

「絵本にそこを突っ込むのは無粋じゃね？」

「そうじゃないよ。みんなでカステラ食べるじゃん、『みんな』だよ。うさぎも象もライオンも、フラミンゴも小鳥も。草食も肉食も、仲よく」

仲よくできるはずがないものたちが集って、和気あいあいと食べているのはいったい何の、誰の卵なのか。巨大でありながら、「みんな」が「食べていい」と認識しているのは。

「……やめろよ。サスペンスになったじゃん」

桂はフォークを止めた。

「それはにわとりの卵だから」

「まじで？　よかった。……絵本のはやっぱ、鳥類かは虫類？　どっかで落として、森に転がってきたんじゃね」

「そのうち探しにくるね」

「くるね。『うちの子見ませんでした？』って。それからどうなる？」

「みんな、言わない」

卵であの大きさなのだから、成体を怒らせたらひとたまりもないだろう。

「で、探すふりする」

「また新しい友情が芽生えるな」

――心配だね、どこに行ったんだろうね。

励まし、慰めながら、みんな知っている。卵はもう、殻を割られて小麦粉や牛乳や砂糖と混ぜられ、焼かれて、それぞれの腹の中。もちろん良心は痛む。善良な動物たちだ。悪いことをした、ひどいことをした、せめて一生、秘密にしていよう。そしてその絶対の秘密は、一度だけ食べたカステラの味を、それはそれはすばらしく上書きするだろう。おいしかった、もう二度と食べられない。

ひみつ、と嬉しそうにしていた妹を思い出す。その甘さを、もちろん志緒も知っている。妹がまだ知らない苦さも。目の前の、ひとりの男のかたちをした秘密を何度も噛みしめ、味わってきたから。そして桂には、志緒のかたちをした秘密が、そっくり同じ甘さ苦さを与えてきたのだ。

「志緒ちゃん、どうかした?」

ふいに押し黙った志緒に、桂が尋ねる。

「何でもない」

ひと切れ残ったパンケーキにフォークを突き刺し、桂の口元に差し出した。

「……秘密」

ふちはすこし焦げて、きっと苦い。

（夕鶴）

空港の大きなガラス窓の向こうには、躾のいい犬みたいに同じポーズで整列するいくつもの旅客機が見えた。空港から広がる空はいつも広大で、どんな色、デザインのボディであれ、しっくりと映える。

「……鶴」

まだ幼稚園くらいだろうか、窓にへばりついて離れないちいさな男の子の目の前には、おなじみのフラッグシップキャリアの機体が待機している。尾翼に赤い鶴のシンボルマークを見て、志緒がつぶやく。

「せっかく北海道まで来たのに、鶴、見てないね」

「シーズンだっけ？　いや、丹頂鶴は留鳥か……それにしたって、いくら何でも市街地に飛んでないだろ。釧路とか行かなきゃ――」

そこまで口にして、桂は、志緒が本当に言いたかったことに思い至った。バカだな、俺、忘れてたよ。

「釧路って遠い？」

「こっからずーっと東だろ、普通に飛行機の距離じゃね」

「広いね、北海道」

「大学ん時の友達が道警で働いてるんだけど、外国のＶＩＰが釧路までわざわざ来たことあるって言ってた。丹頂鶴の餌づけが見たいって。でも、そのＶＩＰのスケジュールと、餌づけの時間がどうしても合わなくて……どうしたと思う？」

「諦める」

「ＶＩＰは諦めないんだな、これが。半年前から、ちょっとずつ餌づけの時間ずらして、スケジュールにはまるようにしたらしい」

志緒はむっと顔をしかめた。

「勝手すぎる」

「そうだな」

鶴を戴く飛行機は、ゆっくりと車輪を転がして動き始めた。鶴には似つかわしくない重さと硬さで、これから飛び立ってゆくのだろう。

「人間って、ひどいよな」

桂は言った。

「最近、クラスで『夕鶴』回ってない？」

朝の図書室で、志緒に尋ねるときょとんとして「知らない」と答えた。

「何で？」

「今、リーダーでやってるだろ、『夕鶴』の英語版」

「ああ」

個人的には、あの戯曲の方言や、与ひょう、惣ど、運ずというういかにも泥くさい登場人物の名前、つうの「あたし」という一人称、そういう素朴な味わいが好きなので、英訳はどうしてもこぎれいになりすぎていると思うけれど。

「木下順二の全集とか含めて、図書室に『夕鶴』が載ってる本は五冊あるんだけど、毎年この時期だけぜんぶ貸出中になるって司書さんがこぼしてた」

「普通に辞書引けばいいのに」

「まーな、あらすじなんか誰でも知ってるわけだし」

「でも、子どもの頃読んだ『鶴の恩返し』とだいぶ違うんだけど」

「そう?」

「だってあの主人公、ただのダメ男だし」

実在する人間を軽べつするような実感のこもった口ぶりにおかしくなる。小説には興味がないらしいが、思春期という特殊な年代を抜きにしても感受性は鋭い、と思っていた。ただ、それを大いに持て余しているらしい本人は褒め言葉と思わないだろう。未熟な器からこぼれ、あふれるものが、二度と取り戻せないことを知らない。桂はそういう子どもたちを見ているとおもしろく、もどかしく、時々憎らしいような気持ちになった。そして、志緒といるとそれだけでもない、今まで反応のなかった機器の針が振れる感じを認識している。いったい何のメーターなのか、正体を確かめたい好奇心が半分、深入りしたくないな、という警戒心が半分――それでも、ちょっかいかけてんのは俺なんだよなあ。おもしろいけど口が悪いし、頑固(がんこ)だし、敏感で頭がいいぶん、雑談でも気が抜けない緊張感もある。総じて面倒くさいのだが、気になってしまう。底の見えない水面にいろんなものを投げ入れてみたくなるような生徒だった。

「頭悪いし」

桂のもの思いにつゆほども気づくようすはなく、志緒はまだ文句を言っている。

「金に目がくらんですぐ騙(だま)されるし」

「世の中、金に目がくらまない人間のほうがはるかにすくないよ」

「だからって……優しいとこが好きだったとか書いてあるけど全然分かんない」

「潔癖だなー」

「普通」

「そうかな。実は、続きがあるって知ってた？」

「知らない」

「正確には、元になった民話の『鶴女房』のエピローグだけど……男は、嫁に会いたくて日本じゅう探すんだよ。それで、とうとう鶴の島を見つけて、鶴の王さまに会うんだ」

「それで？」

「もてなされて、帰ってくる」

「何それ、おかしい。ていうか別にいらない、その話」

「俺に抗議すんなよ」

「だって、連れ戻したかったんじゃないのかよ。バカだからごちそうとか食べて忘れた？」

「当たりつえーな……。バカだけど、もう知ってたんだよ。二度と元には戻れないって。自分は人間で、好きな女は鶴で、住む世界が違ってた。女の嘘で成り立ってた幸せを、自分が壊した。それを確かめて、ちゃんと別れたんだろ」

「最初から分かりきってたのに？」

「それでも、必要なプロセスだったんだよ」

と説明しても、志緒はちっとも納得していない顔つきだった。

「最後までダメ男のままなんだ。日本じゅう探すぐらいまだ好きなら、もっと頑張ればよかったのに」

「んー、違うんだなー」

「何が」

「若いねーって」

「……そんなふうに片づけられたら、こっちはもう何も言えないじゃん」

知ってる。知ってるし、分かる。桂だって、昔は志緒と同じような考えだった。そんなあっさり諦めたら、何のために探したのか分からない、泣いて拝んで、何とかして修復できないかとあがかずにどうする——青い主張を、笑われた。そういうこともあるの、と。

拗ねてしまった志緒に、半端な苦笑しか投げかけられなかった。


別れるために会いに行く。そういうこともある。いや、そういうことしかないのかもしれない。すべての出会いの終着点は別れなのだから。それでも、こんなダメ男にも、これが最後でいい、最後じゃなきゃいやだ、と思える出会いが、与えられた。あの時にはもう、与えられていた。


「……鶴に会えたね」

初めて、裸の身体で一緒に過ごしたベッドの中で、志緒がささやいた。

「探してねーのに遭遇したからびっくりだよ」

志緒はすこし笑う。今までにない、やわらかい艶が垣間見えた気がしてうろたえた。自分の頭が、まだ余韻から冷めていないのだろうか。

「先生」

「んー?」

た。


「俺も、今は分かるよ。会って、確かめて、ちゃんと別れる、っていうの」

十五歳の志緒が、頑(かたく)なに否定した物語。鶴の嫁の話、猿の聟(むこ)の話、いろんな話をして、時間は流れた。


「えー、分かるなよ」

「うん」

「もう無理。……でも、俺にはできないと思う。探して見つけたら、やっぱり諦めない」

「また『若いねー』って言う？」

「言わない」

光を呑んだようにほの明るく上気した志緒の頬を包む。

「志緒だね、って言うよ」

この先のきみの、どんな決断にもどんな選択にも。だからどうか、それをいちばん近くで見続けることを許してください。

鶴の妻を失った男の、その後は分からない。新しい出会いがあったかもしれないし、ひとりで一生を終えたのかもしれない。桂に分かるのは、桂の、志緒とのこれからだけだ。羽毛ぶとんからこぼれた羽根が、ひとひら、雪のように花のようにふたりの間に落ちてくる。

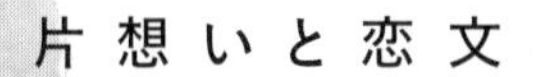

KATAOMOITOKOIBUMI

志緒：age 23／桂：age 36

COMMENT

「グラビアアイドルみたいな志緒ちゃん」ってリクエストしました。
あの、海辺に干したタオルとかすりガラスの向こうでヌードになってる、
妄想かきたてるやつ。手紙というモチーフが性癖です。

by Michi Ichiho

漢字が美しかったのでタイトルロゴ（某アイドルふう）もがんばりました。
林檎でお風呂というと「ちゃんとぬくもってんのか」という台詞です。
かわいくて印象的でした。

by Lala Takemiya

初出：同人誌「片想いと恋文」（2016年8月）

片想いと恋文

あらしくんへ

おげんきですか？
今月は父の日だよ。
みーは、パパにプレゼントを用いします。
くつみがきけんと、パパの絵と、お手紙です。
パパ、うれしいかな？
でもしーちゃんはしないんだって。
よくないとおもいます。
あらしくんは、父の日、なにあげる？

もうすぐ、しーちゃんが水ぞくかんにつれて行ってくれます。
江のしまでです。おなじクラスのこはるちゃんも一しょに行きます。
楽しみにしてます。

バイバイ、またね。

美夏より。

昼間、コンビニに行った帰りに郵便受けを覗くと、妹宛に封筒が届いていた。

「美夏、手紙来てる」

差出人はわざわざ言うまでもない。美夏は廊下を駆けて志緒の腕に突進してくる。

「やったー！」

「こら、危ない」

「しーちゃん開けて！　早く早く！」

「待てって」

荷物を冷蔵庫に入れてから、カッターで封筒を開け、便せんを取り出して渡す。美夏は顔じゅう目になったみたいに大きく見開いてそれを読み、「ん！」と志緒に差し出した。

みーちゃんへ。

いつもお手紙ありがとう。元気です。

父の日、えらいね。

おれはしーちゃんといっしょで、なにもしません。

よくないですね。

でも、元気にしごとをがんばることが、自分の父おやにできる、いちばんのことかなとおもいます。

だから、しーちゃんも大学でいっしょうけんめいべんきょうしてるんじゃないかな？


水ぞくかん、楽しみだね。

夏休みもどこかにつれていってもらうのかな？

また、みーちゃんのお話をきかせてください。


これからあつくなるけど、げんきでね。

あらしより。

丁寧な字で綴（つづ）られた手紙に目を通し、美夏に戻してやると「箱にしまう！」と二階に駆け上がり、美夏の「おてがみばこ」を抱えて降りてきた。森と動物たちのイラストが描かれた、四角いクッキーの缶だ。両手で蓋（ふた）を外すと、中には年上の友達からの手紙が層を作っていて、それは見るたび美夏をにんまりとさせるらしく、左右に振ってかさかさ鳴らし「溜まった！」と何度目か分からない自慢をするのだった。そして、最新の一通をいちばん上にそっと重ねる。自分の部屋でやればいいのに、と思うが、この一連を見せたいようだ。

東京を離れて暮らす嵐（あらし）と、そう深い関わりがあったわけじゃない。でも妹はひどく懐（なつ）いて「あらしくんへのお手紙」を書くようになり、あらしくんは律儀に「お返事」をくれるのだった。いい人、と、心底思う。唯一の決めごとは「家の人に開けてもらって、読んでもらうこと」。親が余計な心配をしなくてすむように。だったら最初からはがきで送れば手間も省（はぶ）けるものを、はがきより封筒に入った手紙のほうが美夏が喜ぶ（大人っぽい、という謎の理由で）からと、気を遣ってくれている。そういう優しさも含めての「いい人」だ。便せんも封筒も普通のクラフト紙だけど、毎回かわいい記念切手を貼ってくれるところとか。

「しーちゃん、嵐くんに電話して！　お手紙届いたって言うの！」

「文通の意味ないだろ。仕事中かもしれないから迷惑だよ」

「お願い、してー」

「メールしとくって」

「やだやだ電話がいいのー」

腕にしがみついてねだるので仕方なく携帯を取り出しかけてみたが、案の定留守電だったのでメッセージだけ吹き込ませた。

「嵐くん、美夏だよ！　お手紙ありがとう、水族館に行ったらまた書くね。お仕事頑張ってね、ばいばーい」

　伝言に満足すると、今度は「水族館に便せんあるかな？」と尋ねた。

「イルカのあったら買ってもいーい？」

「今のやつまだ残ってるだろ」

「あれお花のやつだもん！　春用だから夏はもう使わないんだもん！」

「生意気……」

　そういえば、俺、手紙書いたことってあったっけ。ふと考えてみると、ないような気がする。それこそ、幼稚園くらいまで遡（さかのぼ）って父の日母の日に書いたもの、小学校の中学年で郵便の仕組みを習った時自分に出したもの、修学旅行中、旅先から両親に投函（とうかん）したポストカード、親せきから折々の祝い金などもらった際にしたためた礼状……ぜんぶ「書かされたもの」だ。手紙というものを特に好きでも嫌いでもないが、二十一世紀の現在、普通に生活する中でほとんど必要が生じない。

そう思うと、アナログなふたりのやり取りはとても貴重なものに思え、志緒は心の中で改めて嵐に感謝した。


夜になって、嵐から電話があった。

『ごめん、昼間出らんなくて』

「ううん、こっちこそすいません。美夏がかけろかけろって言うから……で、今出先だから本人と代われないいんだけど、喜んでた」

『うん』

「でも、あんま無理しないで」

『何が?』

「忙しいのに、あいつがしつこく返事書くもんだから負担になってたら悪いなと思って」

『え、そんなの全然』

と嵐は笑う。

『楽しいよ、みーちゃんの手紙。めきめき字がきれいになって、文章がちゃんとしていくのが分かる。子どもの成長ってめざましいんだな』

「そう?」

『そうだよ。むしろそのうち負担になるんじゃないかって心配なのは俺のほう』

「何で」

『あっという間に、俺に手紙書くより楽しいことがいっぱい増えて面倒になってフェードアウトされんじゃないかって。そしたら寂しいと思う』

父親みたいな心配をしている。電話を切ってから、桂に文通の件を説明すると「へー、できたにーさんだね」と感心していた。

「妹ちゃん的には、初恋のお兄さんって感じなのかな」

「いや、あいつ結構気が多いから」

「小二に『気が多い』って……」

「最近まで近所の小学生見てもじもじしてたけど、もういいのかな。どっちにしても町村さんにはその気ないし」

「現時点であったら大変だろ」

「これからもないよ」

という志緒の断言で桂は察したらしい。

「あ、いるわけね。相手が」

「うん、まあ」

そのお相手についてできれば深く考えたくないので言葉を濁し「先生、手紙書いたことある?」と訊いてみた。

「儀礼でも事務連絡でもない純粋な『お手紙』はないんじゃないかなー」

「あ、でも電報くれた。成人式で」

「あんなんノーカンだよ。定型文だし、やっぱお手紙っていうと直筆じゃないとね」

「ふーん。じゃあもらったことは？」

「……何度か？」

その時の表情はあからさまに「言いたくないけどこいつ嘘ついたらすぐ見破る時あるからな」と語っていた。

「あ、ラブレターなんだ」

いまどきになっても、古典的な手法を取る女子がいるらしい。

「いやまあ、ねえ」

気まずそうにローテーブルの煙草を探る。

「直近でもらったのいつ？」

「えー……半年ぐらい前？　かな？　よく覚えてないけど」

「最近じゃん」

「て言われましても」

「いつになったらもてるのやめてくれんの？」

「いやそれ理不尽すぎない？」

「もらった手紙ってどうしてんの？」

「シュレッダー」

　煙草をくわえながら、桂はぶっきらぼうに答えた。

「うちに置いとくわけにいかねーし、学校に置いといてもし誰かに見られたら誤解されかねないし、何よりいらねーもん、俺」

　その対応をつめたい、と言えば「じゃあどうしろっての」と叱られるに決まっているし、大いに志緒のためでもあるのだろうから言ってはいけない。でも、このにべもないつめたさがきっとあるジャンルの女の子を惹きつけてしまう――やっぱり「どうしろっての」案件だ。

　俺もそうだった、と志緒は思ってしまう。全然相手にされていなかったのに、いろんな要素が重なり合った結果もあって振り向いてもらって、今がある。でもそのはっきりとした勝因は分からないし、桂自身もそうだろう。志緒だって、どうしてこんなに桂が好きなのか未だに判然としない。それは別に薄情じゃない。

　志緒に動いてくれた心が、ほかの誰かにまた新しく動かされない、なんて保証はない。「志緒ちゃんみたいな人はいない」と桂はたびたび言うのだが、自分みたいな相手なら、もういっそ安心だ。だって免疫があるからなびかない。生徒となんてありえない、という態度を桂が取るたび、おかしな話、安心しながらもややもやしている。

どんなに頭が理解していても、じゃあ俺は何だったの、という問いが飛び出しそうになる。ありえないところから始まった恋愛を、当事者から繰り返し否定されているような気持ちになるのだった。口にすれば桂は「お前は特別」とシンプルに答え、志緒はその「特別」の基準を見える化させてほしいと思ってしまうに違いない。

桂が煙とともにつぶやいた。

「江ノ島（えのしま）、長いこと行ってねーな」

「え？」

「行くんだろ、子連れで」

「あ、うん。……ごめんね」

「何でだよ、気にすんな」

本当は、母親が引率するはずだったのだ。なのに、長らく会っていない、遠くに嫁（とつ）いだ友人が久々に上京してくるとかで、不本意ながら志緒にスライドされた結果、桂の誕生日が近いから一緒に過ごす、という予定をキャンセルせざるを得なくなった。

「水族館は島にあるわけじゃないんだよな？」

「うん、陸側」

「じゃあ橋渡って島行っても楽しいよ、つっても階段多いからちっちゃい子にはきついかな」

「妹のほかにもうひとりいるし」

「誰？」

「小春ちゃんっていう、同じクラスの子だって」

何度かうちに来てお泊まりもしたらしいが、志緒は顔を合わせた記憶がない。

「ぶっちゃけ気が重い」

「何で？　そんな元気系？」

「むしろおとなしいっぽいけど、気遣うじゃん。……もし何かあったら、とっさに美夏だけ庇っちゃうかもしんないし。平等を保証できない」

「何かって？」

桂は面白そうに尋ねた。

「ペンギンが大脱走して集団で襲いかかってくるとか？」

「もっと普通の想定。車とか」

「まーね、よそさまのお子さんは大変だ。責任が重い」

「それ言ったら先生だってじゃん」

「えー、俺？」

「ひとクラス担任したら何十人だし。大変だね」

今さら言うか、と苦笑された。

「まあ高校生だから小学生ほど身の安全は気にしてないけど、でも思ったことはあるよ」

すこし伸びた灰がとんとん灰皿に散らされる。

「全校生徒体育館に集合してる時とか、ああ、今大火事なんか発生したら、俺は消火活動も避難ルートの確保もせず、志緒ちゃんの手だけ引っつかんでここから一目散(いちもくさん)に逃げるよなあって」

「うそ」

と志緒は否定した。

「何で」

「先生はそんなこと思わない」

「それはさ、教師としての俺を過大評価してんの？　それとも彼氏としての俺を過小評価してんの？」

「知らない」

「知ってよ」

煙草をねじり消し、ローテーブルの向かい側にいる志緒の手を握った。

「水族館ぶんの埋め合わせ、今してもらおうかな」

口の中が苦くなってくる。くちづけられた時に流れ込んでくる煙草のにおいを予感している。決して好きじゃないはずなのに、それはいつでも志緒をくらくらと身動き取れなくさせるのだった。

「手紙って、でも何か、怖いよな」

寝しなに、ベッドの中で桂が洩らした。

「どういう意味?」

「ほら、小説なんかだと大抵秘密とか犯罪の告白だったりするから。手紙って時点で、ああ、いやな話すんだろうなって思っちゃう」

「『セメント樽(だる)の中の手紙』とか?」

高校時代の教科書に載っていた小説を挙げると「そうそう」と苦笑する。

「あれなんかもう、最たるやつ。井上靖(いのうえやすし)の『猟銃(りょうじゅう)』とか、好きだけどつらいんだよなあ。『斜陽(しゃよう)』の最後の手紙は前向きっちゃ前向きか」

「ふーん」

「妹ちゃんみたいな明るい文通は案外稀有(けう)なのかもね」

でもそれだって、「いつかの終わり」を嵐は予感している。あらゆるものごと、あらゆる関係に終わりがあるように。さよならと書かれた手紙、不意に途切れる手紙、どちらがつらいだろう? 秘めたままの恋心と、シュレッダーで細切れにされた恋心なら?


江ノ島に行く日は、梅雨入り直前、最後の快晴だと朝の天気予報が告げていた。梅雨が明けて顔を出す太陽は、きょうとまったく違う貌(かお)をしているだろう。公共交通機関を使うほうが気楽だったので、新宿駅で落ち合ってロマンスカーで向かう計画だった。小春ちゃんは本当におとなしく引っ込み思案なタイプらしく、手をつなぐよう差し出しても怯(おび)えたように引っ込めてしまう。まあ、美夏とつないでくれてりゃいいか、と気にはしなかった。

車中ではほとんど妹がしゃべっていたが、水族館に着いていろいろな水槽を見て回るうち、小春ちゃんの表情からも次第に硬さが取れ、話し出すようになった。

「小春ちゃん、イルカのショーもうすぐだって、行こ！」

「いかる！」

滑舌(かつぜつ)もおっとりしているのか、見かけよりはお出かけに興奮しているのか、ちょくちょく言葉がアナグラム化する。

「違うよ小春ちゃん、いるかかだよ」

「意味分かるんだからいいだろ」

律儀に訂正する美夏をいなして三人でイルカスタジアムへ向かった。

「いちばん前行くー！」

「駄目、濡れるから」

「えー、小春ちゃん、前がいいよね？」

小春ちゃんはもじもじしながら「ママに、お洋服汚さないでねって言われたから……」と答える。

「ほら見ろ。お前だってきょうはよそ行きのワンピースだろ」

「えー……」

何とか水しぶきの射程距離外で観覧させ、館内で昼をすませてからショップを見た。

「しーちゃんこれ！　このレターセットにする！　封筒もシールもついてるから！」

「はいはい」

ついで、と言ったら何だけど、文通のお礼に嵐に送ろうと、缶入りのクッキーをかごに入れた。小春ちゃんはというと、ピンクとブルーのタオルハンカチを一枚ずつ手にしている。

「それ、買うの？」

と尋ねるとこくこく頷いた。

「パパとママに」

「自分用のは？」

「お小遣い、これでなくなっちゃうから」

幼い思いやりがいじらしかったので、志緒は独断で美夏と同じレターセットを買って小春ちゃんに差し出した。

「はいこれ、俺から」

「えっ……」

「小春ちゃんのお母さんにはちゃんと話すから大丈夫だよ。持って帰りな」

おどおどちゅうちょしていた小春ちゃんに、美夏が明るく「みーとおそろいだよ！」と笑いかけると、ようやく薄い袋を受け取り「ありがとうざいます」とまたすこしおかしな日本語でお礼を言った。

夕方、新宿駅で別れる時まで、小春ちゃんはしっかりと志緒の手を握っていた。小春ちゃんの母が何度も頭を下げる傍らで、ちいさな手をずっと振っていた。


仮保護者を務めてああ疲れた、とぐったりした週末を経て、月曜日。大学から帰ると美夏が「しーちゃん!」と駆け寄ってくる。これはまあ、日常の範ちゅう。

「ただいま」

「おかえり!　あのね、お手紙だよ!」

「は?」

美夏の手には、見覚えのあるマリンブルーの封筒、ワンポイントでイルカの白抜きつき。ついおととい、水族館で購入したものだ。

「小春ちゃんから、しーちゃんにだって!　みーが預かってきたの!」

「へー……」

何と律儀な。レターセットなんかプレゼントして、却って気を遣わせたのかもしれない。ママにせっつかれてとかだったら悪いな、と思いつつ開封して中を見た。字のほうは話し言葉と違ってちゃんとしている。

みーちゃんのお兄さんへ。

きのうは、水ぞくかんへつれて行ってくれてありがとうございました。
わたしは、イルカがすごいなと思いました。
人間のいうことがわかっていて、すごく高くとんでいたからです。
とっても楽しかったです。
レターセットもありがとうございました。
またあそんでください。

まつ谷小春

一読し、再読するまでもない分量だから封筒にしまい「ありがとうって言っといて」と美夏に頼んだらきょとんとされた。
「お返事は?」

「え」

「お手紙もらったのに、お返事書かないの？　嵐くんはいつもくれるよ？　ママもちゃんとお返事しないとダメって言うよ？」

　本人に言い負かす気がないのがいっそう怖い。時々志緒は、こうして小二の妹相手にぐうの音も出なくなるのだった。

「……分かった、書くよ。書けばいいんだろ。美夏、便せんちょうだい」

「えー、やだよ、みーのだもん」

「あっそ。じゃあレポート用紙に書くからいいよ」

「えーっダメ！　もっとかわいいのじゃないと小春ちゃんがかわいそう！」

　どうしろと、とぶつぶつ言いながらもコンビニに向かい、無難なクラフト紙のレターセットを買い求めてきた。

「あっ、しーちゃんは嵐くんとおそろいだねえ」

「うるさいよ」

　こちらこそありがとう、これからも妹となかよくしてください……そんな短い返信を書き、封筒に入れて封はしなかった。

「これ、あした小春ちゃんに渡して。おうちの人にも読んでもらって、ってちゃんと言うんだぞ」

「はあーい」

ふう。手が勝手に漢字を綴ろうとするので、ひらがなばかりの平易な日本語を書くのは案外難しかった。町村さんはえらい、とまた思いを新たにした次第だ。

しかし、小春ちゃんのお手紙はそれで終わらなかった。

みーちゃんのお兄さんへ。

おへんじありがとうございました。
きょうは、プールびらきの日でした。
すこしさむくて、いやでした。
わたしは、かおを水につけるのがとてもこわいです。
みーちゃんは、スイミングにかよっているのでばた足がじょうずです。
わたしもみーちゃんみたいになりたいです。
まつ谷小春

「ええ？」

お返事を託した翌々日、妹が二通目のお手紙を持って帰ってきた時にはつい「また？」と言ってしまった。

「志緒くん、美夏の前でそんなこと言わないの」

すかさず母にたしなめられる。

「だって……こういうのって一往復でじゅうぶんじゃん」

「つめたいわねー、せっかく懐いてくれてるんだからいいじゃないの。女の子は手紙書くのが好きなのよ」

「しーちゃん、お返事書かなきゃダメだよ？」

「……分かってるよ」

志緒はまた、返事を書いた。そしてやはり二日後には妹便で新たな手紙が届けられるのだった。いやこれさすがにどうなの、と思うものの、自分からはストップさせにくいし、金や大した手間がかかるわけじゃない。忙しい日もあるけれど、便せん一枚にも満たない手紙を書く猶予(ゆうよ)もないのかと問い詰められれば……別に誰も問い詰めないけれど、志緒自身がプレッシャーをかけてしまう。自分の何を気に入ったんだか知らないが、妹と同い年のちいさな女の子の期待を裏切っていいものか、と。小春ちゃんのメッセージは無邪気な近況報告で、返事を催促するような文言(もんごん)がないために却って責任を感じるのだった。

「美夏、これいつまで続くの」

「分かんない。小春ちゃんに訊いてみるね」

「駄目、何も言うな」

返事を書きたくない、わけじゃ決してなく……問題は頻度なのか？　嵐と美夏くらいのインターバルがあれば楽しく続くのか？　志緒は珍しく困惑していた。自分だけのことなら自分で決めて行動できるが、これは。

小春ちゃんからの手紙は続いた。水族館で買ったレターセットを使い果たして、新しくすいかの柄のものに変わっても。親は「夏休みに入ったら美夏とも会えないし、向こうがじきに飽きるでしょ」と親らしい冷静な眼差しでの意見だった。

手紙は怖い、という桂の言葉を思い出す。それは電話やメール、あるいはプレゼントよりもずっと、むき出しの魂そのままを投げよこされた気持ちになるからだろう。心を手で綴った言葉たち。どこかの誰かに届くことを願われ、あるいは信じられた言葉たち。「さんすう」の「ひっさん」について書かれたあどけない手紙を机に広げ、思い煩う、ほどのことでもないのに嘆息していると桂から電話があった。

『何だ、志緒ちゃんまで文通してんの』

小春ちゃんとのいきさつを話すと軽く笑われ、何だよ、とすこしいらっとしてしまった。

『やさしーねえ』

「……他人事だと思って」

つい恨みがましい声が出る。

『何だよ、負担だったらやめりゃいいじゃん』

「負担ってわけじゃ……でも、妹の手前もあるし」

『そーかな～』

「え、どういう意味？」

『いや何でも。ま、初恋のお兄ちゃんとして、無下(むげ)にはできないよね』

はぐらかされたうえにからかわれるなんて、まったくもって心外。必要以上にかちんときて、志緒も言い返した。

「そうだね、まさか無視ってシュレッダーするわけにいかないもん」

あ、失言。焦(あせ)りを、沈黙が裏打ちしてしまう。ごめん言いすぎた、とどうしてこういう時にすぐ出てこないのだろう。そしてすぐ出てこないと、ずっと溶けず喉(のど)につっかえたままになる。

『ん～……』

という桂の声は、まだ苦笑い含みではあったけれど。

『このまましゃべっても楽しくなさそうだからやめとこっか。ま、あんま深く考え込むなよ』

うん、と答えて、あとは「おやすみ」で精いっぱいだった。

ところが夏休み目前になって、突然それは途切れた。

「志緒くん、お手紙ないみたいよ」

帰宅すると、母に言われた。

「そうなの？」

「美夏が、きょうはもらわなかったよって」

「ふーん。あいつは？」

「プールの進級試験」

「見てなくていいの？」

「きょう、お父さん休みだから行ってもらってる」

小春ちゃんがたまたま忘れたのか、それとも本当に飽きたのか、は週明けを待たなければ明らかにならないが、志緒は、すこし肩の荷が軽くなった自分を否定できない。続けようと思えばいつまでも、メールだって同じだ。でもラリーを打ち切る時の後ろめたさは全然違う。

「ちょっと拍子抜けしたんじゃない？」

「何でだよ……」

母ののんきな言葉に、ほんっと何も分かってねーな的な反論を思春期ぶりにしそうだったがさすがにこらえた。

「晩ご飯どうする？」

「へんな時間に昼食べちゃったからまだいい。部屋でちょっと勉強してるから、美夏が帰ってきたら邪魔すんなって言っといて」

「はいはい」

　プリントアウトした文献を机いっぱいに散らかしながらレポートの概要を組み立て、自分の中ですこし見通しが立ったので小休止しようと席を立った。ダイニングに近づくと、母親の鋭い声が聞こえてくる。

「美夏、どういうことなの？」

　妹が何かしたらしい。しかもこの口調だと結構シリアスな分野だと察しがつき、志緒はそっと扉を開けた。

「……母さん？」

「あ、志緒、あのね——」

　志緒に背を向け、うなだれていた美夏はその瞬間ぱっと椅子から飛び降り、すばしっこく志緒の隣をすり抜けていった。

「美夏、待ちなさい！」

「どうしたの？」

　母は苦々しい表情でテーブルを指差す。そこには、すいかの模様が印刷された封筒があった。小春ちゃんの手紙だ、間違いない。

「え、何で？」

「こっちがそれを訊いてたの。時間割のチェックしてたらランドセルのポケットに入ってた」

「もらったの忘れてたとか？」

「あんなに規則正しくやり取りしてたのに忘れると思う？　それにあの子、はっきり『もらってない』って言ったの」

となると、手紙を受け取りながら故意に隠蔽（いんぺい）していたことになる。でも、返事を書けと言ったのは美夏なのに。

「小春ちゃんとけんかでもしたのかも。ちょっと俺、聞いてくる」

「ごめんね、お願い」

美夏の部屋に行き「入るぞ」と断ってドアを開けると、妹は虫のごとくタオルケットにくるまって動かない。

「美夏」

そっとめくろうとすると「やだ！」と悲鳴に近い声で叫ばれてしまった。

「やだー！」

「美夏。やだじゃ分かんないだろ」

たぶん頭、と見当をつけたところに手のひらを置くと、小刻みにふるえている。身びいきではあれど、のんきだし忘れっぽいし、嘘や意地悪と縁うすい性格だと思っていただけに志緒も「聞いてくる」とは言ったものの、どう切り出せばいいのやら分からなかった。

だから、その時電話が鳴ったことと、発信者が嵐だったことは、大げさに言うと光明(こうみょう)みたいに思えた。

『もしもし、しーちゃん？　ごめんな、連絡遅くなって。こないだ、お菓子送ってくれてありがとうってそれだけなんだけど』

「町村さん」

『あ、ごめん、今取り込んでた？』

いや、だからこそありがたい。

「あのね、ちょっとうちの妹と話してやってほしいんだけど」

『え？　うん、いいけど』

志緒は通話中の携帯をベッドに安置し「嵐くんから」と声をかけた。

「外で待ってるから」

そのまま部屋を出て廊下に座り込む。じきに、美夏の声が洩れてきたがひどく泣きじゃくっているようで内容は判然としない。交互に覗きに来た両親には「そっとしといて」とジャスチャーで伝えて外してもらった。

内側からドアが開くまで、十分もかからなかった。涙と鼻水でぐしゃぐしゃの美夏が通話の切れた携帯を志緒に差し出す。志緒が黙って受け取ると、またぼろぼろと新しい涙をこぼした。

「しっ……しーちゃんは、」

「うん？」

「しーちゃんは……みーのお兄ちゃんだよ……」

「うん、そうだよ、当たり前だろ」

「なのに、小春ちゃんがしーちゃんにいつもお手紙書くの、いやなの……」

「どうして。美夏が、お返事書かなきゃ駄目って言っただろ？」

「言ったけど……途中から、やになったの。小春ちゃんが、しーちゃんからお返事もらって、にこにこしてると、みーは……それに、水族館でだって」

「なに？」

この際だからぜんぶ吐き出させようと、ちいさな背中をさすりながら促す。

「こは、小春ちゃんが言い間違えて……みーが違うよってゆったら、しーちゃん、いいだろってみーに怒った……」

「怒ったりしてないよ」

「小春ちゃんのママがゆったんだもん、小春が間違えたら教えてあげてね、って、だからみーゆったんだよ……みー、いじわるしたんじゃない……」

「うん、そっか、俺が悪かったよ、ごめんな」

「イルカ、前で見たいって言ったのに……小春ちゃんが後ろがいいってゆったからしーちゃん小春ちゃんの言うこときいた」

「ごめんな、今度は前で見ような」

もちろん、美夏が考えるような意図は一切ない。妹だってその場で引っかかっていたわけじゃないだろう。ただ、小春ちゃんと志緒が手紙を交わすうち、ささやかな嫉妬のしずくがぽたぽた溜まり、その表面に映る思い出までネガティブに見えてきてしまう。ひょっとしたらあの時もあの時も……と。そんなことを考える自分がいやになる。それから誰かのせいにしたくなり、ますます自己嫌悪が募る、最悪のループ。そういう気持ちは志緒にもよく分かる。いやというほど知っている。

だからこそ、絶対に忘れてはいけない気持ちも。

「美夏」

志緒はぎゅっと妹を抱きしめて尋ねた。

「でも美夏は、小春ちゃんを嫌いじゃないだろ？」

「好き」

美夏ははっきり答えた。

「大好き……入学式の日から友達なんだもん……春と夏だから、ずっと仲よしでいようねって……小春ちゃんは、いい子だもん。ピンクのクーピー貸してくれて、折り紙教えてくれて……」

「俺や母さんや父さんには、美夏がいちばんいい子なんだよ」

「……ほんと？」

「ほんとだよ」

子どものやわっこい髪の毛を撫でる。美夏は、志緒のTシャツに嗚咽と熱い涙を押しつけ、「ごめんなさい」と絞り出した。


妹が泣き疲れて眠ると、母親にことの次第を説明した。

「なるほどねー。おすそ分けならいいけど全部取られるのはいやってわけか」

「人をものみたいに言うなよ」

「ごめんごめん。小春ちゃんのママにちょっと連絡してみるね」

「よろしく」

部屋に戻り、今度は嵐に電話をかけ直す。

「ごめん、さっきは。助かった」

『いや全然。つーか、泣いててほとんど分かんなかったけど。嘘とか隠したとか、断片しか』

「でも、あいつに何か言ってくれたんでしょ？」

『しーちゃんはみーちゃんを嫌いになったりしないから思ってることぜんぶ話してみな、ってそんだけだよ』

「……ありがと」

こんないい人が何であんな男と……とおせっかいな思いが湧いてくるのをこらえつつ嵐にもこれまでのあらましを話す。

『あー、つらいなー。妹の友達だからと思って気ぃ遣ってんだけど、あっちはそこまで読んでくれないもんな』

「そうなんだよ」

『よその子はあくまでよその子で、うちの子とは比べられないんだけど、ちっさい時って、親の「なになにちゃんとこの子になりなさい！」みたいな言葉本気にしちゃうしさ』

「うん……」

以前の、桂との電話がよみがえってきた。

――妹の手前もあるし
――そうかな～。

桂は、この展開をある程度予想していたのだろうか。だったら言ってくれればいいのに……いや、あの時点なら「まさか」ですませてたな。

嵐と話し終わってから、桂にもかけてみようとしたのだが、母親がやってきた。

「小春ちゃんのパパとママが、お詫びかたがた志緒と話がしたいんですって。あすのお昼間、うちにいてくれる？」

「俺？　何で」

「はっきりとは言わなかったけど、小春ちゃんのことで話があるみたい」

「やだ」

志緒は顔をしかめた。

「そんなこと言わないで。これがきっかけで美夏と小春ちゃんがこじれたりしたらお互いにとって気の毒でしょう？　大学まで一緒かもしれないし、小等部なんかふたクラスしかないんだから」

「そうだけど」

「お父さんは仕事で無理だけど、お母さんも同席するから。それに、小春ちゃんのご両親、そんなおかしな人たちじゃないわよ」

「美夏はどうすんの」

「りかちゃんのところにお願いするわ。とにかく、あした三時だから、出かけないでよ」

「……分かったよ」


しかし翌日、美夏は朝から熱を出した。夏風邪か知恵熱か。

「志緒くん、ひとりで行ってきてくれる？　待ち合わせ場所はファミレスかどこかに変更してもらうから」

「え、ちょっと待って、何で俺ひとりなの？　だったら、俺が美夏看てるから母さん行ってよ」

「志緒くんと話したいって言ってるんだもの」

「じゃあ日程変えてもらって」

「向こうも、小春ちゃんをシッターさんに預けていらっしゃるの。そうそう気楽にキャンセルできません。……ねえ、ちょっと話聞くだけでしょう？　何がそんなに面倒なの？　文通のことなら断ってくれていいから」

「だからそうしたらこじれるんだろ？」

「角の立たない断り方ぐらいできるでしょう、子どもじゃあるまいし。……くれぐれも、初対面の親御さんにいつもみたいな調子でずけずけ言わないようにね、美夏にしわ寄せがいくんだから」

「どうしろっての!?」

「しっ、大声出さないで、美夏が起きるから」

　勝手なことばっか言いやがって。憤然と自室にこもってみたところで、このまま籠城し続ける意固地も、どこかへ逃げる無責任も、志緒には貫けそうにない。自分の問題じゃないからこそ、思い切れない。特に会いたくない。でもすごくいやってわけでもない、会ってみればどうってことはないかもしれなくてでも……半端な憂うつはいちばん持て余す。

　どうしよ。白紙の便せんを前に、手紙の書き出しを思いつかないような気分だった。

『いや無理だろ、ありえねーから』

桂ははっきりと言った。

『何で赤の他人の俺が、妹ちゃんの友情の問題に首突っ込まなきゃいけないの？　どんな立場でその話し合いに同席しろって？　高校時代の担任とか怪しすぎるだろ』

「大学のＯＢとか何とか言うから」

『いくつ離れてると思ってんだよ、不自然だ』

「大丈夫、先生まだ二十代でいけるから」

『あーありがとよ』

全然本気にしていない口調で受け流し「無理だって」と繰り返す。

『その、小春ちゃん？　の親御さんの口からどういう表現で志緒ちゃんちのお母さんに話がいくか分かんないだろ。怪しまれたらどうすんの——いや、いいよばれても。でもこんなかたちはおかしい』

「そうだけど……」

『志緒、どうしたんだよ。何をそんなに警戒してる？　お母さんだって、波風立てたくないからお前が我慢しろなんて本気で思ってるわけじゃないだろ？』

「よく分かんない」

志緒は答えた。

「でも何か……心細いっていうか……先生についていてほしい。絶対迷惑かけないから、お願い」

桂は答えない。

「……どうしても駄目？」

『はー……』

困ったような呆れたようなため息が電話の向こうから聞こえる。

『どうせならもっとかわいい案件でおねだりされたかったよ』


待ち合わせの五分前、自宅最寄りのファミレスに行くと、小春ちゃんの両親らしきふたり連れはもう席についていた。向こうも志緒に気づいて立ち上がると「お呼び立てして申し訳ありません」と深く頭を下げた。母の言うとおり、ちっともややこしそうな人たちではなかったのでそこはすこしほっとする。

席についた時、背後から軽く肩を叩かれた。

「――悪い、遅れた？」

振り向くと、桂が、きちんとスーツを着て立っている。志緒はうっかり「先生」と声を上げそうになったが、ぐっと飲み込んで「大丈夫」とだけ答えた。

「そっか、よかった――すみません、突然」

ソファー席の奥に詰めた志緒の隣に座ると、桂は頭を下げ、訝しげな表情の小春ちゃん両親に臆することなくにこっと笑った。

「桂英治と申します。一応、彼の大学の先輩でして、今は高校の教員やってます——あれ、おかしいな。すみません、名刺切らしてるみたいで」

「はあ……」

「きょうはこちらのお母さんが来られないということで、保護者代わりと言ったらあれなんですが、彼もまだ学生なので、何か粗相があってもいけませんし、お邪魔はいたしませんから同席させていただけないでしょうか」

「お願いします」

志緒も言葉を重ねると、テーブルの向こうで夫婦は困惑げに顔を見合わせている。

「それは……まあ、別に……ただ、そんな大層なお話をするつもりじゃなかったので」

「もちろん伺ってます。僕のことはメニュー立てぐらいに思っていただいて結構ですから。T大付属小ですよね？」

「はい、そうです」

「いい学校ですよね。僕の知り合いも何人か勤めてて……阿部先生ってご存知ですか？　今、五年生のクラスを持ってるんですけど」

「あの、背の高い……」

「そうそう、見た目はごついけど、気のいい人ですよ」

「そうなんですか?」

「小学生受け持つのは大変だけど楽しいって言ってました。僕も教員免許は小中高取ったんですけど、いろいろあって高校のほうに……時々うらやましくなりますね」

至ってなめらかな話しぶりと教員という身分、それに小学校の話題で、小春ちゃんの両親はだいぶ警戒を緩めたようだった。こっちが改めて援護するまでもなさそうで(むしろぼろが出そう)、あんなにいやがってたのに、と志緒は驚きが顔に出ないよう意識する。

アイスコーヒーが四つ、テーブルに運ばれると、会話の口火を切ったのも桂だった。

「――きょうは、そちらの娘さん……小春ちゃんの件でいらしたんですよね」

「ええ、はい、そうです」

小春ちゃんの父は「このたびは申し訳ありませんでした」と志緒に頭を下げる。

「娘が文通をせがんだせいで、そちらの美夏ちゃんを傷つけてしまったと……」

「いえ、うちの妹こそすみませんでした」

志緒も慌てて頭を下げ返す。

「小春ちゃんがせがんだなんてことないですし、妹は、手紙隠したの反省してます。また今までどおり仲よくしてもらえると嬉しいです」

「ありがとうございます。こちらこそよろしくお願いいたします」

あれ、と志緒は思った。話、終わったっぽい？　ひょっとしてこれで「じゃあ」って解散するのかな。だったらこっちが身構えすぎてただけなのかも——しかし小春ちゃんの父親は、ストローにちょこっと口をつけるとまた話し出したのだった。

「あの——うちの娘なんですが」

「はい」

「実は、この春ぐらいから、塞ぎ込むことが多かったんです。今までそんなことなかったのに、言葉がもつれるといいますか、話すのが下手になったり」

「ああ……」

「それがどうしてか私どもも分からず、ちょっともどかしい思いでいたんですが、先月、水族館に連れて行ってもらった時は久しぶりにはしゃいで帰ってきて。とてもよくしていただいたと、みーちゃんのお兄さんは怖くなかった、言葉がおかしいのも、笑ったり叱ったりしなかった、と。こっちもつい神経質に矯正しようとしたのが娘にはストレスだったんでしょう。それで、じゃあお礼に手紙を書いたらどうだと安易に勧めたことが美夏ちゃんの負担になってしまって、本当に浅はかだったと妻ともども反省しています」

「いえ、そんな」

「小春がきのう、やっと話してくれました」

志緒を遮って、続ける。

「春休み、妻とショッピングセンターに行った時、どうやら不審な男に声をかけられたらしいんです」

「え」

「妻が会計をしていたほんの数分のことだったそうなんですが……幸い、人目もありましたし、すぐ逃げていったんでしょう、妻はその男を見ていません。小春も、知らないおじさんに何かよく分からないことを言われた、という認識しかないようです――今のところは」

大きくなって、今は意味不明な言葉の意味を突然知ってしまうかもしれない。そうしたらまた傷ついてしまうかもしれない。声に不安と苦渋がにじんだ。

「親に何も言わないまま、小春はずっと怯えていたんです。だから、美夏ちゃんのお兄さんは大丈夫だと思えて本当に嬉しかったんだと思います」

話ってこういうことか。そっと横目で桂を窺ったが、特に表情を変えていなかった。

「お願いします」

小春ちゃんの両親は、あらかじめリハーサルしていたようにシンクロで頭を下げる。

「小春にはよく言い聞かせますから、これまでのような頻度じゃなく、もっとゆるやかなペースで、もうしばらく娘の手紙につき合ってやってはもらえませんか」

水族館の帰り、ぎゅっと志緒の手を握った小春ちゃんの、手のちいささやしっとりした体温を思い出した。笑った顔や、いつまでも「バイバイ」をしてくれたこと。ずっとひとりで怖かったんだろう、うまくしゃべれなくなるほど。想像すると胸が痛んだ。言葉遣いなんて、志緒は「よその子」相手だから、適当に寛容だっただけだ。もしも美夏だったら、直さなければ、という責任感に基づいていちいち間違いを正しただろう。それさえ、小春ちゃんにはまだ分からない。たとえば週一とか月二でいいなら、手紙の交換くらいしてあげるべきだという気がした。

でもその時、テーブルの下で、桂が志緒の手を握った。ちいさくなくてやわらかくなくて湿っていない、男の手で。それで志緒は、目が覚めた。桂の手を握り返し、頭を下げる。

「ごめんなさい、できません」

と。

「……妹が、泣いたんです。取るに足らないやきもちで、小春ちゃんの不安に比べたらどうってことはないかもしれなくて……でも、美夏は、俺の妹だから……妹にすこしでも我慢をさせるんなら、お引き受けできません」

よその子はよその子、うちの子はうちの子。その当たり前をはっきり表明するのは、勇気が要った。俺はこれが怖かったんだな、とようやく自覚する。

「せめて夏休みの間だけでも――」

今度は、小春ちゃんの母親が食い下がろうとした。そこに、桂が穏やかに割って入った。

「駄目ですよ」

穏やかだけれどぐっとした、重石のような力がある――ああ、これは「先生」の声だ。先生って先生なんだな、とこんな時なのに思った。

「こいつは、プロのカウンセラーでも何でもないんです。ただの大学生にそんなものを負わせたら駄目ですよ」

「ただ、時々手紙を書いていただければ……」

「手紙ぐらい、って思ってませんか？　それは矛盾でしょう。小春ちゃんの心を守ってくれたものが『手紙ぐらい』なわけないんですよ。彼女自身にそんなつもりがなくても、言葉にならない無意識のSOSがそこにはひしめいてたはずで、受け止めるのは相当きついです。事情を知った後じゃ尚さらでしょう、真面目な性格だから、責任感が生じてしまう。僕にはとても、『たかが文通』とは思えない」

桂の言葉に、両親はそろって黙り、うなだれた。志緒は安堵した。小春ちゃんとのやり取りを、プレッシャーに感じ始めていた自分を許された気がしたから。

「今、ご両親がされるべきは、『ひとりの大丈夫な大人』に寄りかからせることじゃない。世の中には悪い大人もたくさんいるけど、大丈夫な大人だってもっとたくさんいる。それを教えてあげることなんじゃないですか」

窓際の席は、ブラインド越しにも夏の陽射しがまぶしいほどだった。夏季限定のデザートメニューが隙間から射し込む光を反射して真っ白に弾けている。志緒は手をつないだまま、どこかぼんやりそれを眺めていた。

「……おっしゃるとおりです」

小春ちゃんの父がつぶやいた。

「お恥ずかしい、娘かわいさに図々(ずうずう)しいお願いをしてしまい、重ね重ね申し訳ない」

「大丈夫ですよ」

桂が、今度は打って変わって明るく言った。

「ちゃんと小春ちゃん自身でご両親に打ち明けられたんなら、前進できてるってことです。これから夏休みですし、楽しい思い出をいっぱいつくって、美夏ちゃんに手紙を書いたらいいんじゃないでしょうか」


小春ちゃんの両親が店を出て行くと、桂は途端に背もたれに伸び、ネクタイをゆるめた。

「あー疲れた……もの分かりのいい保護者で助かったけど」

「ありがとう」

志緒は言った。

「先生、ありがとう」

「ばーか、身体で払えよ」

「え？」

「志緒、デートしよう」

今度は指をゆるく絡めて、志緒に笑いかける。

「なに?」

車を走らせながら桂が言う。

「俺もちょっとはお利口なふりができてた?」

「ほら、志緒ちゃんが高校生の時、他校に殴り込んだことがあったじゃん」

「殴り込んではない」

「だいたいそんな感じだって。……で、俺、その場に行ったはいいけど、全然舐められちゃって、結局志緒ちゃんのお父さんがぜんぶ収めてくれただろ。あん時と同じじゃ駄目だなと思って」

だから、わざわざスーツで来てくれた。

「先生は、ずっと大人だよ」

「お前ってほんと、何も分かってねーな」

笑い含みの声だったが、志緒はなぜかひやりとした。

「言葉巧みに丸め込んで邪魔者を排除しただけだよ」

「え?」

「『春』ってつく名前は鬼門だな」

「何で？」

「また高校ん時の話になるけど、やっぱり、『春』が入った女子に告られたの覚えてない？」

できごとは、もちろん記憶にある、が。

「名前まで覚えてない」

「ふーん」

「先生、どこ行くの」

「どうしよっかな」

決してあてのない感じではなく、車は確かにどこかへ向かっているのに、そんなことを言う。

「……邪魔者って、小春ちゃんのこと？」

「ほかに誰がいるよ」

小二だよ、と反論しかけてはっとした。子どもだとか年が離れてるとか、自分が言っていいことだったっけ。

「心細さを支えてくれた初恋のお兄さんとの美しい文通が十年とか続かないって、言い切れる？　その子がいずれお前を忘れるって、言い切れる？　もしもずっと一途に懐かれた時お前が揺れないって、言い切れる？　――俺がお前に惚れたみたいに」

知っている。志緒は、この気持ちを知っている。この不安、この焦燥を。どんなに打ち消してもらっても消えることのないもどかしさを。自分のほかに誰も、この人を特別な眼差しで見ないでほしいという独占欲を。とても難しいところから始まった自分たちだから、「成就する時にはしてしまう」と分かってもいる。いつどんな人間を好きになるか、コントロールできっこないこととか。

「シュレッダーにかけたんだよ」

桂は言った。

「もう、お前の目に入らないように。俺がさっきしたのは、そういうこと。どこが大人だよ」

時々桂は「志緒ちゃんは怖い」と言う。それって冗談じゃなかったんだな、と理解した。きっと、今の志緒みたいな気持ちだ。

「いいよ」

志緒は言った。

「それでもいい。それでも嬉しい。それでも先生が好き」

「いつか俺とのことで妹が泣いたら？」

「泣かないよ」

「何で」

「だってあいつ面食いだもん」

「ははっ」

桂は吹き出した。それから片手で髪をぐしゃぐしゃに乱す。

「はは……」

車は、走る。敷き直されたばかりの路面がくろぐろ光っている。


江ノ島の水族館に着いた。夏限定の、夜の展示が始まったばかりで、まだまだ外は明るいけれど、館内は海に星空がどぼんと飛び込んだようなライティングに変わっていた。昼間と全然違う。プラネタリウムの銀河みたいな映像がプロジェクションマッピングで投影される大水槽の前に立った。どこもかしこもきれいすぎてどこを見ていればいいのか却って分からない。「ありっこない景色」は思考を止めてしまう。ひたすらにぼうっと突っ立って受け止めるしかない眺め、そんな気がした。魚も映像みたい、映像も生き物みたい。青い水の中を立ち昇る泡は本物なのか幻なのか。

「——志緒、イルカのショー、始まるって」

館内放送も聞こえなくなるくらい、放心していたらしい。

「どうする?」

「行く」

半円のすりばち状の客席に、せり出したプール。すでに五、六頭のイルカがゆうゆうと泳ぐ、その向こうは本物の海だ。賢い生き物たちは、この状況をいったいどう考えているのだろうか。

「どのへん座る?」

「前」

志緒はためらわず、階段をずんずん降りて最前列に腰を下ろした。上下スーツで着替えもないのに、桂は何も言わない。

やがてうるさいほどのボリュームで軽快な音楽が流れ出し、トレーナーがはきはきプログラムを進行させていった。みっしりとした流線形の身体が水滴と陽光をまとってきらめきながら宙に躍り、そして思いきり水面へダイブする。悲鳴と歓声。イルカよりひと回り大きなオキゴンドウがジャンプするとしぶきはいっそう派手に立った。橙に焼ける前の空がアイボリーに輝く。しょっぱい海水を顔に浴び、拭うと沁みてすこし泣けた。でも濡れるくらい、大したことじゃなかった。

十五分足らずのショーが終わると、桂は「ひでえ」と志緒の額に貼りついた前髪に触れ、笑った。飽きるほど見ても飽き足らない笑顔。飲むほどに渇いていく塩水みたいだ。

笑ったまま、ささやく。

「ホテル行こっか」

「行く」

ラブホテルに入るのは初めてだった。車で入って誰にも会わずに部屋まで行けるシステムがよくできていて感心した。

「出る時は？」

「部屋で精算したら鍵開くようになってるよ」

桂はネクタイだけ椅子に放ってバスルームに行った。バスタブに湯を溜める音が聞こえてきたのでまず風呂かと思いきや、戻ってきた足でそのまま志緒をベッドに押し倒す。

「お湯、大丈夫？」

「適量で勝手に止まるから」

生乾きの身体で抱き合うと汗や潮のにおいが混ざる。指で髪を梳かれるときしきしした。顎から耳たぶまで、顔の輪郭を舐め上げられる。

「しょっぱ」

「やっぱシャワー浴びてくる？」

「いや」

額の、生え際に鼻先をすりつけて「我慢できない」と桂が言う。

「何か、きょう、無理……すぐやりたい。すぐ挿れたい。しないけど、つーか無理だけど」

何度も抱いて知っている身体を、時々、犬みたいに欲しがってくれる。それより幸せなことはないような気がした。

ごめんね、と言った。

「濡れなくて、不便で」

「やめろよ、今、めっちゃ興奮しただろ」

「何で」

「志緒ちゃんの口から『濡れる』とか聞いたら」

「普通に言うじゃん！　雨の日とか！」

「いや、そういうのとは全然違ってた」

「バカ……」

両腕で背中にしがみつく。本当に好きだ。いつまでも。

「……俺も、早くしてほしい、先生」

「やめろって」

冗談でもなさそうに焦った声だった。

「年甲斐もなく切羽詰まってきた」

好きな男の性欲って、何ていじらしいのか。桂も同じように思っていてくれたら嬉しい。

濡れない身体だけれど、ローションで濡れた指に探られると、気持ちにつれていつもよりやわらかく深部を官能に明け渡してくれた。塩味の肌に唇をつけ合い、荒い呼吸を耳に響かせ合いながら、溺れる。言葉より文字より確かで、志緒だけが感じるものを刻んでほしい。

「志緒」

「んっ……な、に？」

「すげえ勝手なんだけど……お前の身体が、一生俺しか知らないのかなって思ったら、時々、嬉しくて叫び出しそうになるんだ」

確かに身勝手で、最中じゃなかったら恥ずかしいし腹立たしいと思う。だからこそ、今言ってくれてよかった。ごくごく水を飲むように、志緒はその告白を受け容れた。

「うん」

桂しか知らずに死んでいく、この身体と心が志緒のラブレターだ。

好きだよ、と繰り返されるささやきがあぶくになって見慣れない天井へと昇っていった。その天井も濃い青で、蛍光の星が散りばめられていて、水族館の演出と比べるとずいぶんチープだけど、これはこれで悪くない。

みーちゃんへ。

しょちゅうおみまいもうし上げます。
小春は、京とのおばあちゃんの家にきています。
海が近いので、毎日およいでいます。
いとこのお兄ちゃんが、おしえてくれます。
海は色がこくて、つめたいけど、きれいです。
かおをつけられるようになりました。
2がっきのプールでも、できたらいいなとおもいます。
みーちゃんはお元気ですか。
夏休みはたのしいけど、はやくみーちゃんにも会いたいです。

小春より。

小春ちゃんへ。

ざんしょおみまいもうしあげます。
みーは、しーちゃんとまた江のしまの水ぞくかんに行きました。
今、手がみを書いている、ペンギンのレターセットを買ってもらいました。
もう一ど、イルカをみたよ。たくさんぬれたけど楽しかった。
次はこはるちゃんも、まえで見ようね。

みーもはやくこはるちゃんに会いたいです。
でも、しゅくだいがおわっていないので、はやすぎてもだめです。

美夏より。

ホットライン

『はい、もしもし』

電話の向こうの声は、予想に反してかわいらしかった。

『しーちゃんは今、お風呂に入ってます』

あ、納得。妹がしょっちゅう部屋に入ってくると言っていたから、おそらくそのタイミングで自分が電話を鳴らしてしまったのだろう。勝手に出ちゃだめだよって一応言っとくべき？　――いいや、後でしーちゃんがいやってほど言うだろ。子どもの時って、電話出たいしね。

「美夏ちゃんだろ？」

『はい。みーのこと知ってますか？』

一応の面識はあるのだけれど忘れられているかもしれないし、桂は無難に「しーちゃんから聞いてるよ」と答えた。

「お手紙書くのが好きなんだよね」

『うん』

「お手紙のどういうところが好き？」

『切手をね、ぺたって貼る時が好き』

「そうなんだ」

それって、書く楽しみとは違うんじゃ？　でも子どもって、こういうところがおもしろくてかわいい。

『この前、パパとママとＤＶＤ見てたらねえ、お手紙書いてたの。そしたら、最後のほうにマークを書いててね、パパに聞いたら、それは大好きな人に書く時使うんだって、だからみーも、お友達の嵐くんにお手紙出す時に書こうかなって思ったら、そういうのとは違うんだって。バツマルバツマルって、かわいいから、みーも書きたいのに』

バツマルバツマル？　……ああ、ＸＯＸＯね。もらったほうも、意味を知っていたら困惑するかもしれない。

『ほんとはね、バツマルバツマルじゃなくて……うーん、忘れちゃった！』

「また今度教えてよ」

『うん！　あのね、しーちゃんも、昔読めなかったってパパが言ってたの。しーちゃんがみーくらいの時もこのＤＶＤ見て、しーちゃんも聞いたんだって』

「へえ」

『でもしーちゃんはね「メロメロ」って読んだんだって！　メロメロだって、へんなの！　しーちゃんおもしろい！』

どうやらツボに入ったのか、美夏は朗らかに笑う。

『バツマルバツマルだよね！　メロメロなんて読まないよね！』

そして桂のツボにも、違う意味で入った。めろめろ、って、何だそのかわいい話は。むしろその時の光景はＤＶＤになってませんか？

『――美夏！』

お兄ちゃんの声がすこし遠く、聞こえてくる。

『お前、何勝手に』

『だってー！　あっ』

『もしもし!?』

「はいはい」

相手が桂だと分かると、志緒はすこしほっとしたようだった。

『ごめん、このままちょっと待ってて』

しばしの攻防で妹を部屋の外に押し出す気配が伝わってきて、志緒は「何話してたの？」と尋ねた。

「めろめろについて」

『は？』

ＸＯＸＯ、読みはキスアンドハグ、だから「メロメロ」で合ってる気もするんだけど。志緒はどう読むか教えてもらったのだろうか、そして覚えているのだろうか。メールの末尾に「ＸＯＸＯ」ってつけたら何て言うだろう、なんて考えただけで楽しい、この状態がまさにメロメロ。

届かないで

――お。

大掃除、ほどではないがまあまあ真剣に部屋を片づけ、公的な書類や印鑑の入った引き出しを整理していた時、久々にそのクリアファイルを目にした。ああ、とちょっと笑ってしまう。元気なうちだから笑えるけれど、大事なものだった。

大学時代の友人が若くして亡くなった時、集まった連中の誰だったか忘れたが、ひとりの口から「エンディングノートって書いといたほうがいいのかなあ」とこぼれた。エンディング、という言葉は、時が時だけに、全員の耳に切実に響いたに違いない。

――口座とか、保険とかさ。

――法的にどんくらい有効なのかな。きっちり遺言状作ったほうがよくない？

――いやそこまではまだ。あれって結構お金かかるんでしょ？

――パソコンの中身、いっさいいじらず壊してくれって書いとかないとだな。

――それは絶対聞いてもらえないと思う……。

昔読んだ小説に、「職場の同期の男が急逝したので、生前の約束に従ってこっそりパソコンのハードディスクを壊しに行く女」の話があった。若くして死んでしまうことの寂しさや友情でも恋愛でもない「同期」の独特な感じが好きで、今でもたまに読み返す。「もし自分が死んだら」という仮定は、これからも年々、現実味の水位を増していくだろう。

その後、自分自身、健康関係でひやりとする出来事があったので、仰々しいのじゃなくても、一応何か遺しておくべきだなと思って書いた。家族に手続き上の面倒ができるだけすくなくすむよう、自分の心残りがひとつでも減るよう。

あれから、もう何年だ。引っ越しもしたが、そのまま段ボールに突っ込んで移動させただけだった。こういうのって、更新していったほうがいいんだよな。

中身を検める。すべて直筆で、末尾には署名と捺印もしてある。基本的には親に宛てたものだった。手紙って、ふしぎだ。書いたことも忘れていたのに、こうして目にすると、書いた時の気持ちをはっきり思い出せるのだから。

病気事件事故、いろんな状況を想定し、まず親不孝してすみません、と書いた。続いて口座の番号、通帳と印鑑の場所、ネットバンキングのＩＤとパスワード、加入している生命保険と証書の場所を一覧にしてある。息子の件で世話になっている弁護士の名刺もテープで貼り付けた。本人に伝えるかどうかは先方のご夫婦にお任せしてください、とも。勤務先の住所と電話番号――これは変わったから、直しとかなきゃだな。マンションの管理会社も。葬儀や遺骨の取り扱いについては「これといった希望はありません」。

それから、志緒のこと。驚かれるかと思いますが、と前置きして。

連絡をしてください、家の中にあるものを、もし形見にと望んだら、何でもあげてください、いろいろ思うところはあるでしょうが、どうか彼を拒絶したり、つめたい態度を取らないでください――その次の行には「もし守ってくれなかったら化けて出ます」と書いていたが、さすがにどうかと思ったので破いて書き直したのだった。

どんなに言葉を尽くしても伝わる自信はないのですが、と書いた。

彼のおかげで、僕の人生はとても明るくなり、感謝しかないことを、すこしでも分かってもらえたなら、幸いです。どうかよろしくお願いします。

希望を綴りながら、実現される日がこないよう願っている。志緒がこれを目にする日なんて来ませんように。

読まれませんように、と祈りを込めて書くラブレター。

その他掌篇

COMMENT

「ナイーブとイノセンス」のような、先生が先生感出してしゃべってる空気、
今となっては懐かしいような……？　でも、志緒ちゃんが三十歳過ぎたら
十年おきくらいに「呼び方変えません？」と一応打診はしそうです。

by Michi Ichiho

初出：各話文末に記載

「試験問題って、もっと適当に作ってるのかと思ってた」

うす青い罫の方眼用紙と指導要領、それから自分用の授業ノートを前に考え込んでいると志緒が感心したようにつぶやいた。

「なわけねーだろ、最低でも試験勉強と同レベルの手間はかかってるよ」

授業範囲からまんべんなく、基礎応用暗記物取りそろえてある程度の点は取れるように、それでいて満点が続出でも困る、ボーナス問題もちょっと意地悪な引っかけも必要だし、時間に合わせた設問数と難易度に合わせた配点——どう考えても骨が折れるだろ。

ローテーションで問題を使い回す教員もいるし、受験にも配慮すれば大体の定番というのは決まってくるにせよ、桂はなるべくじっくりテストを作成したいタイプだった。作り手の立場になれば良い問題悪い問題というのも見えてくるもので、新任の頃作ったのはやっぱり粗が目立つ。こんなので評定つけちゃって申し訳ないことしたな、と時折反省するくらいだ。なので、どんなに忙しくてもパソコンで文書作成にかかる前の段階で紙にあれこれ構想を書きつけ、組み立てて清書、という手順を踏んでいる。

だってさ、と志緒は反論する。

「一年の時だっけ？　現国で『羅生門(らしょうもん)』習った時、先生テストで『下人(げにん)の行方は誰も知らない、と締めくくられているが、下人のその後を想像して書きなさい』って出したじゃん。何考えてるんだろうと思った」

創造性と文章表現能力を試すいい設問じゃないか。教師の心生徒知らず、だな、まじで。逆も然(しか)りだけど。

「俺は、『野垂れ死に』の五文字っていう、誰かさんの鬼のような答案を見て切なくなったね」

無回答じゃなかったから、一応十点中の一点は加算したと思う、お情けで。

「そんなこと書いたっけ？」

「ま、あくまで誰かさんですから」

「へー」

卒業したというのに、試験がらみの仕事の時は覗き込まないようにしてるらしい志緒が、そっぽを向いたまま自分のかばんを探っていたかと思うと、すっと腕を伸ばしてきた。

「なに」

「これ、使っていいよ」

手の中にあるのは、何の変哲もない黒のボールペンだった。どこでも見かける、安いメーカー品。

「さっきから、全然書く音聞こえてこないから」

「いや、筆記具はあるよ」

「そういうことじゃなくて。……俺、言わなかった？」

「何を」

「これ、四月に大学の生協に買いに行ったんだ。入学してすぐの時」

「うん」

「でも、なくて、店の人に訊いたら、今切らしてるからこれやるよって言って、自分のくれた」

「それが、このボールペン？」

「そう。何か……うまく言えないけど、嬉しかったんだ。すごい、さらっとくれて、こっちの負担にならない感じの、そういう親切？」

「ふーん、バイトの学生？」

「分かんない、若かったけど。感じよく笑う人だった」

ふとしたもらいものは、四つ葉のクローバーとか大吉のおみくじみたいに志緒の中で何となく縁起のいいアイテムになり、とりわけ集中したい時の勉強用に使っているらしい。

「効果のほどは？」

「俺の中では、ある」

「いいな、そういうの」

ご利益はともかくとして、誰かのふとした、思いがけない方向からの言葉や行動に何となく勇気づけられるような経験は。

ありがたく拝借して、紙に向かう。お借りした手前、自分も成果を出さなくては——という適度なプレッシャーによって、だらだら悩むよりとにかく手を動かす運びになり、結果的にうまく進みそうではあった。

男か女かも話からは分からないが、桂はその、元の持ち主に心の中でそっと感謝した。進捗に対してではなく、志緒に優しくしてくれたことに。

どうもありがとう。きみにも何か、いいことがありますように。ささやかに、祈る。

顔も名前も、もちろん行方も、知らない祈り。

（初出：ディアプラス文庫「meet,again.」発売記念ブログ掲載／２０１２年１月）

（※「林檎甘いか酸っぱいか［青］」収録「キスなんて大きらい」の後日談となります）

二十三日は約束どおりおうちデート、でもクリスマスと年末年始は会えなかった。志緒は一家で帰省し、桂は桂で実家の両親がふたりそろってインフルエンザでダウンしてしまったため急きょ衛生班として駆り出された。完全防備で臨んだのが幸いしてか変調もきたさなかったが、うっかりうつしてしまったら申し訳ないので始業式まで会わないでおきましょう、と元日、新年の挨拶とともにメールすると素直に「分かりました」と返ってきた。

たぶんちょっとほっとしてんだろうな、と思う。あと一週間もあれば完全に永久歯に生え変わるだろうから。二十三日だって二重にマスクをかけて絶対外さなかったし冗談で手を伸ばしたら本気で怒った。いや、記憶の中の顔から前歯一本消去すればいい話で、想像はたやすいんだけど。

歯抜けでも絶対かわいいのにさ。結局、抜けたのくれなかったし。始業式に会う志緒はきっとマスクをしていなくて、一本だけやすりをかけられたようにつるつるしていた乳歯が、ぎざぎざの「大人の歯」に取って代わられている。

――ていうか、そういえば俺の前歯、いつの間にか結構平らになってきてんな。歯磨きの時に気づいた。使っているうちに磨耗したのか、細かな突起はもうかなり浅い。自分の肉体が経た年月を実感するとともに、志緒の、生えたての永久歯はきっとくっきりしたエッジを持っているんだろうと想像した。ちょっと怪獣っぽい新品の歯で、何事もなかったみたいに登校してくる志緒を想像すると、会えなくてもそれはそれで楽しかった。新学期は教師だって憂うつなものだから、すこしくらいごほうびがないと。


しかし始業式の朝、一本の電話が職員室にかかってきた。

『恐れ入ります、一年の結城志緒の母親ですが、桂先生はいらっしゃいますか?』

「はい、僕です」

明けましておめでとうございますいつもお世話になっておりますいえいえこちらこそ、とお約束の社交辞令をひとしきり交換すると、志緒の母は「新学期早々申し訳ありません」と恐縮した口調で切り出した。

『息子がちょっと——風邪を引いてしまいまして、本日は欠席させていただきたいと……』

「え」

つい余分な感情まで込めてしまいそうになったのでぐっと自制し「風邪ですか?」と尋ねた。

『ええ……』

「病院には行かれましたか? もしインフルエンザだったら出席停止で、通常の欠席とは違う扱いになりますが」

『あ、はい、インフルエンザではないです、それは間違いないです、はい。熱も大したことありませんし』

「そうですか」

『あす以降もようすを見て休ませるかもしれませんので、その時はまたご連絡いたします』

「はい、どうも……お大事に、とお伝えください」

受話器を置いてから、風邪、と反すうする。インフルじゃなくてまだよかった。接触していない以上原因になりようもないが、自分の周りで続くといい気持ちはしない。でもどうしてだろう、何かひっかかる。さっきの電話。「ちょっと」と「風邪」の間に不自然な間があった。そして、何かが聞こえたような。

予鈴が鳴ったのにも気づかず「先生、式始まりますよ」と教頭に肩を叩かれるまで桂はじっと考え込んでいた。


今年の年末年始に関しては「一難去ってまた一難」だったと思っている。オーバーと言われようがそれが志緒の実感だ。ようやく身体が楽になってきたのでベッドの中で思う存分もぞもぞしていると、枕元で携帯が着信を知らせる。桂からだった。う、と軽くちゅうちょしたのは、心配してくれてたら申し訳ないと後ろめたかったからで——いや、決して仮病じゃないし今も本調子じゃないし、と自分に言い聞かせて出た。何より話したくて、知らんふりはできない。

「もしもし」

『具合大丈夫？』

案の定、開口一番それを言われてどきっとした。

「うん。……でも、もう二、三日休むかも」

おそるおそる申告すると「いいよいいよ」と桂は鷹揚に請け合った。

『ほんとのこと言ってくれたらね』

「え？」

『午後になって、お母さんに電話かけちゃったんだよねー。学校でも風邪が流行してるから保健調査のため詳しい症状を聞かせてくれませんかって。そしたら「実は……」って教えてくれた。いかんなー、親に嘘つかせちゃ』

そう、何でわざわざごまかすの、と母親にも言われた。何でって当たり前だろ、と志緒は思う。

「何で……」

『ばれたのかって？　朝の電話の時、お母さんの横にいただろ？　志緒ちゃんが「風邪」って口挟んだの、かすかに聞こえてたよ』

どうやら墓穴を掘ったらしい。脱力しかかる志緒に桂の声が追い打ちをかける。

『別に恥ずかしくないじゃん、りんご病。俺もかかったよ、幼稚園の時』

「……うるさい」

いや恥ずかしい、このかわいらしい病名が。

『ていうか、学校に来たくないってことは顔が赤いんだろ？　もうその時期は感染力ほとんどないから登校していいんだよー』

「絶対やだ‼」

マスクをしても、隙間から覗く頬の不自然な赤みは隠せない。そういう意味では歯よりやっかいだった。

『まったくもー……』

呆れる口ぶりに苦笑の気配がにじむ。

『……早く会いたいから、早く治しな』

そんなことをささやかれたら、内側から完熟の色になった頬が永遠に戻らない気がしてしまう。


（初出／「雪よ林檎の香のごとく　林檎甘いか酸っぱいか［青］」購入者特典ペーパー／2015年7月）

高嶺(たかね)の林檎

「では、こちらのペアリングということで……お相手の方の指輪のサイズは」

「あ、さっきの号数の見本見せていただいていいですか？」

「どうぞ」

「………こっち、かなー。いや、もうひと回り細かったか……でも関節で引っかかっちゃうかも」

「特別にサプライズされるより、最近はおふたりでご来店されるカップルが多かったりしますよ。女の方は特に、ご自分で好きなデザインをお選びになりたいと……」

「断られると思うんですよねー。どっちかなー……」

「さりげなく、指のサイズをお訊きになるというのは」

「勘が鋭いんでばれちゃうと思うんですよねー。そしたら『いらない』って言われると思うんですよねー」

「そうなんですか………」

「あ、違いますよ、ストーカーとか一方的な思い込みとか二次元とかじゃなくて、ちゃんと実在してつき合ってますから！」

「……あの、大丈夫ですか、こちらお客様都合でのご返金は致しかねますが大丈夫ですか」

「覚悟してます……よし、こっちだ、こっちにします」

「かしこまりました。サイズのお直しはいつでも無料で承(うけたまわ)っておりますので」

「もし受け取ってもらえてもし調整する必要が生じたらお願いしにきます」

「はい。……ご健闘(けんとう)をお祈りしております」

「ありがとうございます」

……と言って去った客はその後現れなかったので、果たして指輪を拒否られたのかサイズがばっちりだったのか、定かでない。


（初出／「雪よ林檎の香のごとく 林檎甘いか酸っぱいか［青］」発売記念こばなし／2015年7月）

きみは太陽

指輪をつけたまま家に帰った。隠す必要があるとは思わないからだ。会社では精密機器に触れる機会も多いし、油や塗料で汚れそうだからたぶんしないだろうけど、「俺といる時だけでいいから」というのは桂の保身ではなく、志緒への気遣いだ。桂の優しさは、いつでもほんのすこし臆病なのだった。

「ただいま」

「おかえりー！」

玄関を開けると、行きがけのいさかいなどまるで忘れた顔で妹が駆け寄ってくる。この切り替えの早さ、本当にありがたい。と自分が切り替えられないほうなので思う。しつこいというわけではないが、志緒の中で何らかの決着を見ないまま時間や気分に任せて方向転換することがどうしてもできない。

「しーちゃん、その袋なに？」

「シュークリーム」

「みーの？」

「そう」

「やったー！」

美夏は飛び上がって喜び、「みーが持つ！」とお菓子の袋に手を伸ばして目ざとく気づく。えらいな、俺なんか言われるまで全然だったのに。

「……んん？」

志緒の右手を持ち上げ、ゆっくりと目を大きくした。

「ゆびわだ！」

「うん」

「きれーい。でもダイヤは？　ついてないの？」

「うん」

「何でー？　お金足りなかったの？」

「父さんだってついてないだろ」

「そっかあ」

その時、母親も「おかえりなさい」とやってきた。

「ただいま」

「ママ、見て！　しーちゃんが指輪！」

「えっ……？」

「みーも欲しいよー」

何も考えていない妹と対照的に母は絶句すると、志緒と目を合わせずに「そうなの……」とつぶやいた。

「あっ、シュークリーム食べなきゃ。ママ、おやつにする！」

「あ、そうね、お紅茶淹れましょうね。志緒くんは一緒に食べる？」

「俺はいいよ」

「そう」

手を洗ってからそっとダイニングのようすを窺うと、母はやけに神妙な口調で「美夏」と諭していた。

「お兄ちゃんの指輪のこと、あんまり言わないのよ」

「えーっ、どうしてえ？」

「どうしてもよ、分かった？　お兄ちゃんが自分から教えてくれるまでそっとしといてあげて。いい？」

「しーちゃん、拾ったの？」

そんなわけないだろ。ため息とともに足音を殺して二階に上がる。普通に訊いてくれればある程度普通に答えるのに、そんな腫れ物みたいに扱われるとこっちも出ばなをくじかれた気分だ。これまで一切恋愛がらみの話をしてこなかったから当たり前か。困ったな。

その後、夕食の最中もずっと微妙な空気が流れていた。妹が訊きたがってちらちら右手を見るたび母親が視線でけん制する。食べづらいったらない。

もういいや、自分から言おう。夜中に決意して起き上がった。ぜんぶ打ち明けるのは刺激が強すぎるけど、ちゃんとおつき合いしてる相手がいます、と話すぶんには桂の同意もいらないだろう。

リビングにはまだ明かりがついていて、両親の話し声が漏れ聞こえてくる。父も帰ってきたようだ。

――だからね、自分で買ったんじゃないかって思ってるの。

――指輪を？　何でそんなことを。

――ほら、りかちゃんが結婚決まったでしょう、対抗っていうんじゃないけど、ひとりじゃありませんから、って私たちをがっかりさせないために。

――だったらいっそ左手につければいいのに。

――あの子のこだわりっていうか、そこまでは、みたいな。

――うーんぴんとこないな、単純に自分のためのアクセサリーなんじゃないか？

――そういうのつけるタイプじゃないでしょう。

――本人は何だって？

――訊けないわ、訊き方間違えたらへそを曲げられそうで。未だにあの子の地雷ってよく分からないのよ。

——母親がそんな及び腰でどうするの。

——じゃあなたが訊いてよ。

——えー、志緒が怒ったら怖いからな〜。ただでさえ美夏が最近そっけないのに志緒にまで嫌われたくないな。

——ほら、人のこと言えないじゃない。

何なんだか。脱力しそうになった。思春期の頃と大差ない扱いをされているのが腹立たしいやら照れくさいやらほっとするやら。自分の恋愛が、この人たちを悲しませてしまうならそれはひたすら申し訳ない。

でももう決めてるから。決まってるから。とうの昔に。

「お騒がせしてすみません」

扉を開け放って言った。

「——志緒」

「おかえり、父さん」

「あ、うん、ただいま」

「で、これ！」

右手の甲側を両親に向ける。

「……ちゃんと、好きな人と一緒につけてるやつだから！　ちゃんといるから！」

「あ、ああ、ならいいの……」

「へー、そうなんだ～……うん、いい指輪だね～……」

なぜかまた、何とも言い難い空気が流れた。あーもう恥ずかしいな、どうすんのここから。

「……しーちゃん」

「えっ」

いつの間にか背後に美夏が立っていた。くしゃくしゃの頭でとろんとした目をこすっている。

「なに、トイレ？」

「しーちゃん、好きな人いるの？」

「え？」

寝ぼけながらも、しっかり大人の話を聞いていたらしい。

「その指輪、好きな人とおそろいなの？」

「うん」

志緒ははっきり頷いた。すると妹の表情は、早回しで花が開いていくようにぱあっと輝く。

「よかったねえ！」

「……うん」

どうしてお前は、こんな時に俺がいちばん欲しい言葉をくれるんだろう。何も知らないがゆえの祝福だったとしても、志緒は一生忘れない。誰かを悲しませても、誰かが傷ついても、たったひとりの妹の、明るい希望に満ちた言葉を。そうだよ、いいんだ。よかったんだ。ひとつだけ悔しいのは、桂に聞かせてあげられないこと。

いつか、先生にも言ってくれるか？

「ありがとな」

「んー？」

志緒は、美夏をぎゅっと抱きしめた。美夏も喜んで抱き返してくる。その後ろで両親も「そうね、よかったのね」「よかったよかった」と慌てて復唱していた。

「――ていうことがさっきあって」

『え、俺ご挨拶に行ったほうがいい？　今週末とか？』

桂はごくごく当たり前の口調で言った。

「ううん、いきなりだとびっくりすると思うし、とりあえず今は相手がいるだけで安心してるみたい」

興味がないわけはないだろうが、志緒の世界を尊重してくれるところもずっと変わらない。両親には両親の、志緒には志緒の人生がある。桂が言うように、それはちっとも寂しくない。

『そっか、でも志緒ちゃんがそうしてほしいと思ったらいつでも言って』

「うん」

『ところで君んちのお父さんは、格闘技とかしてたりしないよね？』

「……びびってんじゃん」

『だって、性別抜きにして、なれそめとか言わないわけにいかないだろ、俺が志緒父だったら「殺す」っていう解答しか出てこない。もしくはあれだ、頭切れる感じだったから社会的に追い詰めて日本で暮らせなくさせるとか……』

その場合志緒も一緒に高飛びするから逆効果だと思う。

「俺が先生のご実家に行くのは？」

『うーん、どっちに行っても殴られるのは俺だと思うな』

でも、それが怖いとかいやだというニュアンスではなかった。

『何にしても、一緒に暮らす時には絶対きちんとするから』

うん、と志緒は笑う。


月曜日、家を出てから、指輪を外し忘れていたのに気づく。戻るのも面倒だし、きょうはたぶん座学がメインだから大丈夫だろう。そのまま駅に向かう。電車はもうすぐ出るところ、小走りで乗れるけどかなりぎゅうぎゅうだったからおとなしく見送ることにした。

車両にはりかが乗っていた。ほぼ同時に互いに気づき、りかは周囲に気を遣いつつ左手を志緒に向けて見せる。薬指に、ダイヤのきらめくリング。どうやらこちらのご挨拶は滞りなくすんだらしい。志緒はひとつ頷いて、右手で同じ仕草をする。りかは一瞬驚き、でもすぐ弾けるような笑顔になった。両隣の乗客が怪訝な顔をするのも構わず、両手の親指を立てて突き出す。泣き出しそうなくらいに笑った顔が両側から扉に遮られ、やがてゆっくり遠ざかる。でもどこにも行ったりしない、と今の志緒は思える。幸せを祈る限り、祈ってくれる限り。

土日の雲は去り、架線とつながるパンタグラフが陽光に映えて真白い。

（初出／夏コミ無料配布小冊子／２０１５年8月）

行儀悪く、書類を読みながらコーヒーが入ったマグカップに手を伸ばすと、予想外に熱かった。まさにちゃんと予想をしていなかったせいで、心の準備が間に合わなくて身体が必要以上にびっくりしたのだと思う。

「あちっ！」

とっさに指を耳元に持っていき、熱を冷ましていると後ろから笑い声が聞こえた。

「英ちゃん、昭和～！」

「は？」

「だって熱くて耳たぶ触る人なんか漫画かドラマでしか見ないよ！」

「いや、そんなことねーだろ」

「あるある」

いや別に昭和で全然いいけど、するだろ普通に。と思って若者（志緒）に訊いてみると「したことないかも」と言われた。

「え、まじで……？」

「古いっていうより、冬でもない限り耳たぶのつめたさなんか知れてない？　とっさにそこで冷やすって感覚がよく分かんない」

　こんなところにジェネレーションギャップがひそんでいようとは。

「じゃあ機械叩くのは昭和だと思う？」

「機械ってテレビとかパソコン？」

「いや、コピー機。職員室でちょいちょい詰まるやつがあんの。いつもじゃないし、メーカーさんに見てもらっても故障はしてないんだけど、なーんかこう機嫌悪い時ある的な……つい叩いちゃうと、それもえらく笑われたから」

「大学の研究室にもあるよ、時々動かなくなるプリンタ。叩きはしないかな」

「あ、やっぱり？」

「でも撫でちゃう」

「え？」

「叩くよりは撫でるほうが機嫌直してくれる気しない？」

「あー……そーだね……でも、それやって許される人と許されない人がいると思う」

「何それ」

「だって志緒ちゃんがやってたらかわいいじゃん」

「はっ？」

「かわいーなあ、今度うちでもやって、ていうか俺も撫でて！」

「意味わかんないし！」

「あれ叩かれたよおっかしーなー」

「ていうか！」

「うん？」

「耳たぶの話もコピー機の話も、構ってほしくてちょっかい出されてるだけじゃん！」

「え、いや、まあねえ……」

「ばか」

ご機嫌斜めになった志緒の、すぐ近くにある耳たぶは熱かった。その後、熱くならないマグカップ買ってもらいました。ラッキー。


（初出：J・GARDEN20周年記念ペーパー／２０１６年３月）

ナイーブとイノセンス

「志緒(しお)ちゃん」

「なに？」

「折り入ってお願い、ていうか提案があるんですけど」

「どんな？」

「あ、そんな構えなくていいから。……君ももう卒業したことですし、『先生』って呼ぶのやめない？っていう」

「やだ」

「そんな即答しなくても」

「今さらほかに何て呼べばいいの」

「名字でも名前でもお好きにどうぞ」

「…………ん？」

「おい、めちゃくちゃ眉間にしわ寄ってますけど。そんな無理難題か？」

「だってもう慣れちゃったし、ほかにどう呼んでもしっくりこない」

「そらー呼ばれる俺だってそうですよ」

「ならいいじゃん」

「だーめ、今ならまだ修正効くと思う。すぐだって。このまま十年とか経（た）ったらもう絶対変えられない」

「何で駄目なの？　先生は『先生』って呼ばれたくないの？」

「うーんそわそわするっていうか後ろめたさがやっぱり……」

「え、そういうのが好きなんじゃないの」

「おいっ。人前っていうか、店とかだとちょっと焦（あせ）るんだって」

「じゃあ外では『おい』か『ねえ』にする」

「いやいや。……逆にさ、もう好きに呼んでいいんだー、とは思わない？　『先生』なんか職業的な記号に等しいじゃん、誰だって呼ぶだろ」

「今のままでいい」

「頑固（がんこ）……」

「頑固だよ。そんなのよく知ってるじゃん」

「いや知ってるけど。ほら、『先生と呼ばれるほどの馬鹿でなし』って言うし」

「馬鹿じゃん」

「……しーお」

「もうこの話したくない！」

「志緒ちゃん、もう寝よう。……『先生』って呼ぶなとか言わないから——……志緒。どんなけんかしても無視だけは駄目だよ。お前なんかいなくていいって言ってるのと同じだ」

「……そんなこと、思ってない」

「うん、分かってるよ。おいで、寝よう」

「……うん」

「寒くない？」

「寒くない。……せんせい」

「ん？」

「『先生』って呼ぶのが、いちばん安心する」

「うん、ならそのままでいいよ」

「学校で『英ちゃん英ちゃん』って友達みたいに呼ばれてんの聞くと、確かに、何だよってむかついたけど、でも……」

「でも？」

「……あの人は『先生』ってだけは呼ばない」

「え？」

「あの人は、『先生』の『先生』だから……『先生』のことを『先生』って絶対に呼ばない」

「――ああ」

「だから、安心する……」

「そっか。……あー、ごめんな。俺、バカだな」

「だから言ってんじゃん……」

「うん、ほんとに。バカって呼んでいいよ」

「ばか……」


（初出／note掲載こばなし／2016年7月）

しおちゃんとあそぼう

（※本書収録「いちご甘いか酸っぱいか」の後日談となります）

おもちゃよりさらにおもちゃっぽかった、ちいさなシリコンの栽培キットで育ててきた（まあ大した世話はしていない）いちごがついに収穫の時を迎えた。豆粒くらいの白っぽい実がすこしずつ大きくなり、白からうすみどり、そしてささやかな紅に色づき、ふた粒が身を寄せ合って生（な）っているさまは何だかいじらしい。

「もう食べれるかな?」

「へたのきわきわまで赤いし、大丈夫じゃね」

「じゃあ食べよう」

と、志緒（しお）はさっさとキッチンばさみを持ち出していちごを切り離した。ほぼまる一年、生長を見守ってきた感慨（かんがい）などは特になさそうなのが志緒らしい。食べるために水をやってきたのだから、その時がくれば当たり前に食べる。これが植物じゃなくて、何となく意思の疎通（そつう）ができそうな動物でもたぶん変わらないと思う。人によっては「残酷」と表現される一面かもしれないが、桂（かつら）はその率直さに惹かれる。志緒が感情を移入する相手は著（いちじる）しく限られていて、それは、自分の激しさを知るがゆえのブレーキ機能なのかもしれない。あれもこれもと愛していては保（も）たないから。

「ついでにこれも片づけちゃおうか」

一年かけてちびちびと飲んでいたカルヴァドスも、もう瓶底に浅く残っているだけだ。飲む、というより、コーヒーや紅茶の風味づけに垂らして使った回数のほうがはるかに多い。志緒にはだいぶ度数がきつく、桂も、ストレートで飲むことはほとんどなかった。それでもとうとう底をつく。

ジンジャーエールで割ってライムをすこし絞り、ひとつずついちごを飾った。

「……ちょっと濃い」

「ぜんぶ入れちゃったからな、残してもいいよ」

「ううん、おいしい。これ、また飲みたい」

「じゃあまた買ってくるよ」

あの店に持って行ったら中身だけ補充してくれねーかな、なんて考える。果実の沈む瓶の処分が難儀だ。

「すげーなー、去年の志緒ちゃんはまだ酒が飲めなかったのに」

いちごに色がついて、酒瓶は空になり、志緒は確かなかたちで「大人」になった。

「そんなの法律の問題で別に変わってないよ」

「そーかな」

光と水とわずかな土と二酸化炭素で、こんな真っ赤なかたちにできあがるなんて、いちごってすごい。でもそれよりもっとダイナミックな無二の変容を志緒は桂に見せてくれている。ずっと。そこに自分が、どういうふうに影響したのかなんて分からないけれど、ありがたいと思う。

「あ、いちご、甘いね」

「ほんとだ、ちゃんと、つったらあれだけど、いちごの味してる」

「うん」

「そういや、クラシック音楽聴かせる果物とかあるんだって」

「何で?」

「うまくなるらしい」

「うそっぽい」

「効果のほどは知らんけど、それでいうとこいつ、やっぱベッドの傍(そば)に置いてたから甘くなったのかもって思うと嬉しくない?」

「ない!!」

照れて怒る時の顔は昔のままで、それもやっぱり、ありがとうと思う。


(初出/いちごの日こばなし note 掲載/2017年1月)

　そういえば、志緒と誘い合わせて「お花見」というのをしたことがない。年度変わりという慌ただしい時期に加え桜は毎年気まぐれで、早足に膨らんで散り急いだと思えばいつまでもつぼみのまま縮こまる年もあり、今が盛りという週末に雨雲がバッティングするのも珍しくない。水と土のにじんだやわらかな花びらが敷き詰められた地面を歩き、靴底に張りついた春のひとひらを指でつまんで捨てる時は生き物をにじった罪悪感がかすかに湧く。これがたとえば、秋の落ち葉ならこんな気持ちにはならないだろうに。テレビをつければどこどこの桜が見頃を迎え、とか、この土日が最後のチャンスとなりそうです、と花見が義務みたいに桜情報を毎日流すので、身辺のあれこれとともに焦りをかきたてられもする。

　もちろん桜は嫌いじゃないが、あのひんやりと白っぽいうす紅色が若葉にすっかり取って代わられると、桂は何となくほっとする。ひとつのレースが終わったような、肩の荷が下りたような。そしてその頃には新しい生活のリズムが身体になじんでいる。

「あ、卵切れてた」

「買ってくる?」

「んーん、一緒に出よう。そしてついでに散歩しよう。外、いい天気だ」

「うん」

改まった行事としての「お花見」が存在しないだけで、一緒に桜を見る機会はもちろんある。ふたりの「散歩」の行き先は決まって遠くのスーパーで、歩いて二十分くらいかかる。重くなくてかさばらない、ちょっとしたものを買いに行くついでによく足を伸ばした。

川沿いの遊歩道を通っていくと、桜が満開だ。

「帰り、休んでこうか」

「うん」

卵とビール二缶、スーパーの中に入っている精肉店でコロッケとメンチカツもひとつずつ買った。遊歩道に定間隔(ていかんかく)で設置されているベンチに空きを見つけ、並んで腰掛ける。公園と違い、敷物を広げての宴会ができないからのんびりしていていい。

「どっち食う?」

「じゃあ、メンチ。半分食べたら交換ね」

「はいはい」

かちんと缶を合わせた振動が伝わったみたいに、頭上の枝が揺れる。音もなくひしめき合う花びらたち。

「咲いてるねえ」

「うん」

川向こうも鏡に映したように同じ景色で、すこし離れたところから眺めると、花盛りの並木にも微妙に個体差があるのが分かる。咲き急いだのか、すでに若葉が目立つもの、まだつぼみをほころばせないまま伸びている枝。原因は陽当たりなのか土壌（どじょう）なのか個々の特性なのか、人間と同じで考え始めればきりがない……という考えを口に出せば、志緒に「ほんと『先生』だよね」と呆れられそうだった。なので「春だねえ」と無難な感想にとどめた。

「うん」

「……何か、老夫婦みたいな会話だな」

「若い会話ってどんなの？」

「若者が訊くなよ」

うすい茶色のハトロン紙に包まれたおやつはまだ熱く、歯を立てれば香ばしい油と、かりっという音が口の中ににじむ。

「春が浅い、って言うよね」

志緒が言った。

「うん。春浅し、とか」

「でも『春が深い』ってあんまり言わなくない？」

お、若者らしい話法が出てきた。

「普通にアリだよ。ていうかどの季節でも浅い深いって使っていいんだけどね」

「春が深いってあんまぴんとこない」

「何だったらいい？」

志緒はすこし考え「『濃い』かな」と答えた。

「ほうほう、じゃあ夏は？」

「『高い』」

「高いと言えば秋の空だけど」

「太陽とか、入道雲とか、夕立とか、夏のほうが空見上げてる気がするから」

「秋は？」

「秋は『深い』でいいや」

「冬は？」

「んー……『鋭い』？　こう、鋭角になっていく感じ」

「なるほど」

「半分食べたよ、交換しよ」

「はいはい」

昔もこんな話したっけ、あれは、春夏秋冬の色のこと。流れた、というほどでもない時が経ち、志緒は今も傍にいてくれる。まん丸っこい目に、花影が差していつもと違う模様をつくっている。ああきれいだなと思う。その瞳の前をはらはらと花びらが落ちていく。

見上げた途端、息苦しいほど視界には花ばかりだった。四つの目玉を覆う桜。こんなに穏やかに美しいのに、雪崩のように視界を塞ぐ。そして圧倒的でありながら、散ってしまえばふしぎなほど盛りの眺めを覚えていられない。魔法のように終わり、やがてまた「ああ今年も」と巡ってくるのだ。繰り返すのに、こんなにせつなく「今だけ」だから、桜は人をたまらない気持ちにさせるのかもしれない。

――にゃあ。

不意に声がして視線を下げると、いつの間にかベンチの隅に猫がいた。妙に人慣れしていて、桂の脚に前肢を乗っけてもうひと声、ねだるように鳴いた。

「何だお前、図々しいなあ」

志緒から受け取ったばかりのメンチカツの、衣を避けて肉だけ指先にほぐしてやると猫は鼻先を寄せ、ちいさな牙を備えた野生の口でちゃっちゃと咀嚼して名残惜しそうに指をざりざり舐めた。そして飲みさしのビールにも興味を示したようだが「これはあげないよ」と遠ざける。きょろりと見開かれた猫の目にも桜が映っていた。

「もっと欲しい？　だーめ、身体に悪い」

人差し指の背で顎の下をくすぐると目は三日月になり、花が見えなくなる。ふと志緒のほうに目をやると、こころもち喉を反らしていたので思わず笑う。

「なに?」

「え、無意識だった? 志緒ちゃんまで顎上げてるから、かわいくて」

「してない!」

「撫でようか?」

手を伸ばすとはたかれたが、猫パンチより痛くない。

「あー……酔っ払っちゃったな。きょうはもう仕事しない」

「一本しか飲んでないじゃん」

「そういう日もあるんです」

食べ終わり飲み終わると、きっともう会えない猫に「またな」と言って立ち上がった。


昼下がりのうす明るさの中で志緒を裸にすると、どこからか桜の花びらが落ちた。パーカーの襟元に入り込んでいたのかもしれない。

「持って帰ってきちゃったな」

指先に取ったものの、ごみ箱に入れるのも無情な気がして迷っていると、志緒は猫より思いきりよく桂の指をくわえてうすっぺらい落としものを吸い込み、飲み込んだ。あっという間のことだ。

「……どうしたの」

「何か困ってるっぽかったから」

「困ってるつか……うん、そうだね」

美しさや儚さを持て余す桂の弱さを、いつだって志緒は身体で受け止めてくれる。抱きしめると、花の香めいた気配が立った。

眠り込み、起きたら晩だった。せいぜい二時間くらいの昼寝だったが、夢も見ず、水の中に沈殿していたようにとっぷりと眠った。ああ、深い春だったな、と思った。夏でも秋でも冬でもなく、今ごろにしか得られない手応えの眠り。そしてたぶん、ひとりでも得られない。

傍らで目を閉じている志緒の、花びらみたいにうすいまぶたもたぶんもうすぐ開く。

（初出：デビュー10周年記念キャラクター人気投票お礼ＳＳ／２０１７年２月）

群青(ぐんじょう)

「え、ダブルソーダってもう売ってないんだ」

携帯のネットニュースで流れてきた、その話題にもちろん驚いたが、志緒(しお)が「何それ」と言ったのにもびっくりした。

「知らない？　ダブルソーダ」

ソーダ味のアイス、棒が二本刺さっててぱくっとふたつに割れるやつ……と説明したら「ああ」と合点(がてん)はいったようだった。

「先生、好きだったの」

「んー、小中学生の頃はよく食べてたな。安いし」

それから、天然感ゼロな緑がかった青色と、味。あのチープさは今でも懐かしい。

「なくても全然困んないけど、いざなくなるって聞いたら寂しいかも。昭和がまたひとつ消えた的な」

「ふーん、まだどっかに残ってないかな？」

「さあ、店舗の在庫はあるかもだけど」

じゃあ探しに行こう、と提案された。

「えっ」

「コンビニとかスーパー。俺も食べてみたい」

「そんな、特別うまいもんじゃないけど」

「要するにガリガリ君でしょ」

「ガリガリ君ほどガリガリしてないな、もっとこう……じゅわっとした感じ？」

軽い捜索かねて夜のお散歩でもしますか、と連れ立って外に出た。微風も昼の暑さをはらんで生暖かく、せっかく風呂に入ったのにまたじっとり汗にまみれることになりそうだ。コンビニ三軒とスーパーを回ったけれど収穫はゼロ、酒屋の冷凍ケースを覗いて「ここにもねーな」と言っていると、店主に声をかけられた。

「ひょっとしてダブルソーダ探してる？」

「あ、はい、そこまで真剣じゃないんですけど」

大人なので若干恥ずかしく、そんな言い訳をしてしまう。

「きのうまで置いてたんだけど、がさっとぜんぶ買ってった人がいたよ。慌てたんだろうね」

まあそれはそれで、心から欲している人間の手に渡ったほうがいいに決まっていると納得して店を出た。なくても困らないけどなくなったら寂しいもの、は結構たくさんある。廃線（はいせん）になる駅に人が殺到するとか。いや、この世のほとんどがそうかもしれない。

俺だってそうだよ。桂（かつら）はふと思った。代替（だいたい）が利かないと思ってくれる相手なんて、隣の志緒以外、たぶんそんなにいない。ああ、だから、行かなくてもいい散歩とか、しなくてもいい昼寝とか、そういうどうでもいいことを、これからたくさん志緒としよう。夜空は闇になりきれない群青で、牛乳を練り上げたようになめらかな入道雲がひっそり溶け込んでいる。

（初出／デビュー10周年記念コラボカフェ@コミコミスタジオ来場者特典SSカード／2017年8月）

林檎可愛や

秋晴れのカフェのテラス席で、黒板に書かれた文字を見て桂(かつら)が言った。

「毎年思うんだけど、いつから日本てこんなにハロウィン推(お)しになったんだろう」

黒板には、ジャック・オ・ランタンのイラストと、かぼちゃメニューのラインナップがチョークで書いてある。

「俺がちっさい頃は、何かそういうの『ある』ってだけだったのに」

「でも、本場で何してるのかって実は今も知らないよね。仮装とトリックオアトリートだけなのかな」

「一年に一回、あの世とつながる日だっていうから、もっと闇深いことやってそうだけどなー」

「あと十年もすれば、ハロウィンしてなかったなんて信じられないって言われるかも」

土用(どよう)のうなぎも、クリスマスケーキも、バレンタインのチョコレートも誰かの戦略ありきで広まったのだから——そういえばみんな食べものだ、と志緒は思った。

「そして、ハロウィンは、いつからこんなにりんご推しになったのかな」

「え？　あ、ほんとだ」

テーブルのメニュー表にはハロウィン期間限定のりんごを使ったフードやドリンクもおすすめされ

ていた。二つ折りで自立する黒板の向こう側にも書かれているのだろう。

「そういえば、先週テレビでやってたよ。収穫時期とかぶるし、外国じゃかぼちゃよりりんごがメジャーだとか。妹が食いついて見てた」

「まあ、かぼちゃって万人に好かれる食材じゃないし、りんごのほうがなじみいいよね。何でもっと早くその情報を取り入れなかったんだっていう……りんごのやつ、何か頼む？」

いい、と志緒はかぶりを振った。

「父親が、仕事先の人からもらったりんごがひと箱あって、毎日朝晩食べてる」

「健康的じゃん」

「妹が二個ずつ剝くから」

「えらいね、幼稚園のうちからそんなまめにお手伝いして」

「違うよ」

動機はいたって利己的かつくだらない。

「その、先週のテレビで、ハロウィンのりんご小ネタみたいなのやってて、りんごの皮がつながった状態で剝けたら、それを投げると、将来の伴侶のイニシャルになるっていう……」

言い終わる前から桂は笑っていた。

「真に受けて、自主トレ頑張ってんの？　かわいいなあ」

「そう。笑いごとじゃないよ、刃物使うから誰かがずっと傍でつきっきりになってなきゃいけないし、今んとこ毎回失敗して毎回しょんぼりするからフォローするのも大変だし、はっきり言ってりんご食べ飽きたし」

「いやいや、かわいいじゃん。うまく剝けて、イニシャルPとかだったらどうすんだろ、国際結婚の予感？」

「最近の名づけはフリーダムだから日本人でもピーターとかポールとかいても驚かないかも」

幼稚園のお迎えに派遣されると、先生が呼ぶほかのお子さんの名前に動揺を隠せない時がままある。

「ピーターの漢字は？」

「日々の日に太い？」

「字面(じづら)だけ見るとそんな悪くねーな……ポールは？」

「棒」

「ひでえ」

結局、りんごもかぼちゃも頼まず、コーヒーだけ飲んだ。

「皮剝き、志緒ちゃんがしたらどうなるかな」

「しないよ、ばかばかしい……」

「妹ちゃんのお相手のイニシャルが分かったらぜひ教えて」

「何で」

「志緒ちゃんはすぐ忘れそうだから、俺が覚えてて、二十年後ぐらいに答え合わせしてあげる」

「結婚しないかもしれないし」

志緒は言った。

「別にしたくなくてしないのかもしれないし、したくてもできないのかもしれないし」

「未来ある幼児にそういうこと言うなよ……」


家に帰って夕食を終えると、美夏はまた張り切ってりんごを剝き出した。が、例によってうまくいかない。「幅を太く剝けば短くてすむ」と子どもなりに考えているらしいのだが、力めば刃が果肉に深く刺さり、結果ぶちぶちと切れる。その日も二個、失敗した。

「んん～……」

「ほら、でもちょっとずつじょうずになってるから」

母親がなだめて「あしたの朝はりんごのパンケーキにしようね」と言った。

「美夏、あしたはもう剝くなよ」

「何で！」

「そんなにりんごばっかり食べたくない」

「あと一週間だから我慢してあげてよ」

三センチほどでちぎれてしまった皮をしばらく両手でいじっていた妹が、不意に「そうだ！」と顔を上げた。

「きょうね、幼稚園でありすちゃんに聞いたの。ハロウィンの真夜中に、りんごを食べて鏡を見ると、『うんめいのあいて』が映ってるんだって！　みーやりたい！」

ありすちゃん、いったいどこからそんなうさんくさい情報を？

「だから、ハロウィンの夜はみー夜更かしするけどいいよね？」

「できるわけないだろ」

と志緒は一蹴した。食事、風呂、読み聞かせですぐにことんと寝入ってしまう健やかな妹のことだから。

「できるもん！」

「ていうか、そんなの映るわけないから」

「何で？　しーちゃんやったことあるの？」

「やらなくても分かる」

「どーしてー？」

美夏はテーブルをぐるっと回り込んで志緒の膝によじ登ってきた。

「こら、手洗え」

「やってもないことが、どうして『わけない』って分かるのー？」

いや分かるよ、当たり前だろ。鏡に、いもしない相手が、しかもハロウィンの夜、りんごを食べて、なんて特殊な条件のもとで現れるわけがない。そんな現象があってたまるか。六歳児に常識を説いたって仕方がないので適当にあしらったが、桂に電話でその話をしたら「そういうの聞くと、ああ志緒ちゃんの妹だなーって思う」と言われた。

「何で」

『やってもないのにどうして分かるの、って、いかにも君が言いそうじゃないですか』

「納得がいかない」

『まあその、内容に差はあるんだけど、根底のスピリットが同じつうか。いいじゃん、協力してやれば。理系なんだから、検証もせずに否定してちゃ駄目だろー』

完全におもしろがられてる、と思う。


それからも朝晩のりんごはアップルパイになったりジャムになったりしつつ続いたが、ハロウィン当日の朝になっても、美夏は、皮を切らさず一個を剝ききることができなかった。傍目にも上達はしているのだが、あと一歩のところで集中が切れるようだ。

「できない……どうしよう……」

いやどうしようも何も、と半べそをかく妹を見て思ったが、登園バスの時間に迫られている父親は「だーいじょうぶだよ」と空々しいほど明るく励ました。とにかく機嫌を直してもらって、早く送り出さねばと思ったのだろう。

「まだ将来の結婚相手が決まってないのかもしれないよ？」

「そんなのやだ！」

「ずーっとおうちにいてくれるほうがパパは嬉しいな～」

「やだってば！　何で意地悪言うの？　パパのバカっ！」

志緒はコーヒーカップをテーブルに置いて「いい加減にしろよ」と言った。

「父さんにバカとか言うな。そんなことでめそめそしてるほうがバカに決まってる」

美夏の瞳はみるみるうちにふやふやと涙でぼやけ、そして最初のひと粒がこぼれたと同時に大音量で泣き出した。

「ああ～……志緒、ありがたいんだけどもうちょっと言葉選ぼうね。ほら、ほら、みーちゃん幼稚園行くよ」

顔を真っ赤にして泣く妹を半ば無理やり抱え上げ、父は慌ただしく家を出て行った。母のため息が、志緒の肩身を狭くする。

「……おとなげない」

「分かってる」

明け方まで勉強していて（そしてあまり実になった手応えがなくて）、眠いし頭も痛いし、いまいちコンディションが上がらないところへもってきての騒ぎだったので、必要以上にとげがあったと思う。

『未来って、そんな知りたいかな？』

昼休み、学食でメールを送った。

『運命の人のイニシャルとか鏡に映るとか、本当にそんなの分かったら、怖くない？』

とんでもないおっさんとか現れたらどうすんだよ――いや、現れないけど。

『未来が怖いって、本当に来た、未来の蓄積を経験してないと分かんないんじゃない？』

と返信があった。未来の蓄積、要するに過去だ。一秒ごとに降り積もっていく、未来の残骸。それはいいものばかりじゃなく、こうなるはずだった、こうするはずだった、黒い足跡が刻まれていたりもする。未来は、夢や願望の具現じゃない。その苦い味を、まだ新品の魂はよく知らない。

『俺も今は、たとえば自分が何歳で死ぬかなんて絶対教えてほしくないけど、子どもの時なら平気だったかもね』

犬や猫には「未来」の概念がない、と聞いたことがある。だから、今この瞬間の散歩や餌や眠りがすべて。明るい未来しかないと思い込んでいる妹は、たぶん言ってみれば人間の途上。志緒は、志緒の鏡に永遠に桂が映り続けるかどうか知らないから、続けていける気がしている。ぼんやり考え込んでいると『きょうは優しくしてあげな』と届いて、それは確かにそうだと思った。

夕方、お詫びとお土産にケーキを買って帰ると、妹はすっかりごきげんで、「見てっ」とちいさな赤い実を突き出してきた。普通のものよりだいぶちいさい、姫りんごだ。

「幼稚園でもらったの！　あ、あ、あっぷるなんとか……」

「アップルボビングね」と母が助け船を出した。

「水を張ったたらいにりんごを浮かべて、手を使わずに取る遊びなんだって」

それもハロウィンの定番で、子どもたち用に姫りんごを用意してくれたらしい。

「みー、いちばんに取れたんだよ、すごくない？　ねえすごくない？」

「はいはい」

反省して損じた、と思わないでもないが、この幼いタフさと明るさに大人はいつも救われている。

そして夕食後、ミニチュアみたいな姫りんごに美夏が挑むと、手の大きさと釣り合うからか、スムーズに皮剝きを完遂することができた。わあすごいね、と両親が拍手し、お兄ちゃんもお義理で数回手を叩いた。

「じゃあねえ、投げるよ……えいっ！」

左肩越し（そういうルールらしい）に皮を投げ、すぐさま振り返って床に落ちたそれのかたちを確かめる。

「……『の』？」

確かにそう、見えなくもなかった。「の」じゃ駄目だろ、と言おうとしたが、そもそもイニシャルの概念を理解していない美夏は「『の』かあ」と満足げに笑ったので、家族全員「じゃあ『の』ってことで」と頷き合った。


一応、十一時頃起こしてみたが、妹は目覚める気配すら見せない。やっぱりな、と自分の部屋に戻るとメールが届く。

『ハロウィンプロジェクトはどうなった？』

『半分くらい成功？』

『何だそりゃ』

志緒は、会いたい、と送った。

『会いに行ってもいい？』

『もちろん』

コスプレ期待していい？　とつけ足されたがそれは無視する。両親は早々に寝入ったらしく、家じゅうが静まりかえっていた。あの世とつながる夜にふさわしい。志緒は冷蔵庫からりんごを取り出し、母親の手順を頭で追いながらりんごバターをこしらえた。まだ温かいままガラスの瓶に詰めて出かける。夜は冷えるから、かいろ代わりにちょうどいい。ハロウィンらしく、ほうきに乗ってひとっ飛び……はできないけれど、夜空の隅っこを掠めたほうき星は見えた。星の光は、過去の光。

志緒は、十五歳の志緒は、たとえば片想いの結末を誰かが教えてくれると言ったら、どうしただろう？　叶うか叶わないかの二択——きっといらないと答えた。どっちにしろ、桂を好きなことに変わりはないから。未来は関係ないから。それは、大人の意見か子どもの意見か。桂は何と言うだろう。

（初出／Ｊ・ＧＡＲＤＥＮ無料配布小冊子／２０１８年10月）

林檎いとしや

「志緒ちゃん、おととい新宿伊勢丹の地下にいなかった?」

「いた。何で?」

「いや、俺もたまたまいたから。後輩の出産祝い買いに行って、ついでだからデパ地下でめし買っちゃえーって」

「俺も、教授の家でちょっと飲み会があったから買いものしてた」

声かけてくれればよかったのに、と言うと、桂は「むり」と即答した。

「何で」

「だってさ……志緒ちゃん、流暢に英語しゃべってんだもん」

「え?」

「気後れした」

「うそ」

「ほんとだって」

確かに、英語は使っていた。同行した買い出し係が中国とドイツからの留学生で、最大公約数的にコミュニケーションを取りやすいのが英語だったからだ。全員にとって母語ではない、イコール間違ってもけっこう平気、という安心感で話しやすかったりもする。

「別に全然流暢じゃないよ、片言の世間話。中学英語のレベル」

「中学英語のスキルを使いこなせる人間ってなかなかいないもんだよ。つーかあれだね、久しぶりに『外』から志緒ちゃん見た感じ」

「外って？」

「学校で見てると、高校生だな、俺には分かんない世界というか、別の座標があるよなってふと感じる瞬間がけっこうあるわけ」

「うん、それは分かる」

職員室でほかの教員と志緒には分からない話をしていたり、生徒の進路相談に乗っていたり、そういう「先生」としての桂の姿を、今もよく覚えている。

「気後れなら、俺のほうがずっとあったんだけど？」

「いやいやこっちだってあるって。言わなかっただけ」

「……ふーん」

高校生の志緒には言わなかった胸の内を、今は打ち明けてくれている。こんなふうに何年もの時差で、知らない桂を知っていくタイミングがこれからもあるのだろう。

「師走の、きらっきらのデパートで見る君がまぶしかったっていう、そういうおはなしでした」

「何言ってんの」

「まじで。何の話してた？　日本語で教えて」

「林檎（りんご）の話」

中国では、クリスマスに林檎を贈る習慣があります、とフロムチャイナの留学生が言ったのだ。

——どうして？

——クリスマスイブは中国語で「平安夜（ピンアンイエ）」、平安を祈って「平安果（ピンアングォ）」を食べます。それが「平果（ピングォ）」、林檎の「苹果（ピングォ）」と発音が同じだからですね。

このへんは、携帯に漢字を表示しながら教えてくれた。ドイツ出身者には少々難解だったようだが、同じ漢字圏の志緒は割とすんなり理解できた。

——林檎って世界中で人気ですね。

——聖書の時代からですもんね。

——「Ａｐｐｌｅ　ｏｆ　ｅｙｅ」なんて言い回しもありますしね。

そういう、罪も毒もない雑談だった。

「でも聖書のあれって、林檎かどうかは分かんないらしいよ」

桂が言った。

「えっ」

「『善悪の知識の木』だからね、林檎ってはっきり明示されてるわけじゃない。実際、果実を食べた後で裸を隠すのにはいちじくの葉っぱを使ってるわけだし」

「でも絵とか、当たり前に林檎になってる」

「何でだろうねえ、詳しくは知らない。実際、いちじく説もぶどう説もあって、トマトとかマルメロとかも言われてるみたいだけど」

「じゃあ濡れ衣かもしれないんだ」

デパ地下で買った平安の実、林檎の皮を剝きながら志緒は言った。

「どっちにしたって林檎自体に罪はないけどね」

思い描いてみる。聖書は全然詳しくないけど、蛇にそそのかされてイブが手にする禁断の実を。いちじく、ぶどう、トマト、マルメロ——ってどんな見かけ？

「……でも、やっぱり林檎が似合うね」

「俺もそう思う。林檎だって刷り込まれてるから、先入観ができてるだけかもしんないけど、赤さとか、大きさとか……あと固いじゃん、歯を立てたら。やっちゃったー！って感じがありそう」

しゃり、と噛み締める罪。

「これも『動かない言葉』？」

「よく覚えてんなあ」

ちょっと照れくさそうに笑う桂の口に、切った林檎を押し込んだ。

「おいしい?」

「うん」

「Ａｐｐｌｅ　ｏｆ　ｅｙｅ」は、かけがえないもの、目の中に入れても痛くない、そんな意味だという。でも志緒はいつだって痛い。桂の笑顔や言葉のささいなかけらにさえ、今も胸が痛んで苦しくなる。平安からはほど遠い。

今だってほら、果汁に濡れる指先を噛まれて。


（初出／同人誌「TUTTI」収録／２０１８年12月）

志緒:age 24／桂:age 37

初出：書き下ろし

十一月の終わり、実に約十年ぶりのインフルエンザにかかった。来年の春からひとり暮らしを始めるべく、不動産屋を回ってあちこち内見（ないけん）に行ったり、家具家電の目星をつけたり生活上の手続きについて調べたり、疲れが溜まっていたのだと思う。三十九度台の発熱もそれ以来で、こんなにきつかったっけ、とベッドで丸まりながら考えた。ひたすらに熱が出て全身が痛い。関節といわず筋肉といわず、どこもかしこもずきずき悲鳴を上げて寝返りもままならず、額（ひたい）の内側では銅鑼（どら）が鳴り響き続けている。身体じゅうで暴れるウイルスになすすべなく横たわる時間がまる二日あって、その後は薬が効いたのかすっと熱が引いてきた。

『大丈夫か?』

「うん」

七度台後半まで体温が下がるとようやく桂（かつら）と電話する元気も出てきた。

「高校入試の時ぶりのインフルだよ」

『そっか』

ふたりしてすこし黙ったのは、何となく感慨があったからだと思う。病気は困るが、病気のおかげで母校に進学して桂に出会った。先生を知らずに大人になった俺って、どんなふうだったのかな。想像もつかない。それはもう自分じゃないとさえ思う。桂はどうだろうか。すでに大人だったたぶん、そして人生の重要な局面を一度経（へ）ていたぶん、志緒（しお）ほど未知数じゃないかもしれない。

『なに黙ってんの』

「先生のほうじゃん」

『いや、寝ちゃったのかなって』

「もう寝飽きた、身体ばきばきになってる」

上半身だけ起こしてぼやくと、部屋の扉がノックされた。

「しーちゃん、何か言った？」

「あ、ちょっと待って——電話してるだけ！」

通話をいったん保留にし、扉越しに返事する。

「元気になった？　じゃあ後でみーと遊ぼ！」

「まだ駄目、うつすかもだからあっち行ってろ」

「えー……」

声だけで、不満げな表情が思い浮かぶ。美夏（みなつ）は猫みたいにドアの表面をかりかり引っかいてから諦めたのか一階に降りていった。

「ごめん」

『妹ちゃん？』

「そう。引きこもってるから全然顔合わせてない」

『寂しいだろ、お兄ちゃん』

「それどころじゃなかった……まだ新人なのに、一週間も会社休んじゃうし」

たぶんあすかあさってには平熱に戻る、でもそこを起点に七十二時間は出勤停止、という就業規則がある。

『志緒ちゃんは、同僚がその状況になったらむかついて文句言ったりする？』

「別に」

『志緒ちゃんひとり倒れたら部署が回んないとか？』

「まさか」

『だったらいいじゃん』

「そうなんだけど……」

『いつもきっぱりしてる志緒ちゃんがぐずぐず言うの珍しいな。取り越し苦労も病気のせいだよ。元気になって、うまいもん食って体力戻ったら考えも変わるからさ』

「んー……」

信頼なのか欲目なのか、桂は志緒についてけっこう楽観的なところがある。かと思えば妙に強硬に過保護だったりもして、そのアンバランスがおもしろい。

「先生、もうすぐ期末？　終わって冬休みに入るまで会わないほうがいいよね」

『そこまでしなくても大丈夫だろ』

「最悪先生はしょうがなくても、学生さんにうつっちゃうとかわいそうじゃん。大事な時期なのに」

何だと、と桂は笑って言った。

『俺はいいのかよ』

「かかったら看病しに行くね。俺もう抗体(こうたい)できたから」

『むしろ楽しみっぽく言わないで』

それから、クリスマスはどうしようかなんて相談をちょっとしてから桂が「年末年始どうする？」と言った。

『体空けられそうなら、快気祝い兼ねてどっか旅行でも行く？』

「行く」

即答してから「何で？」と尋ねた。

『何でって、何でだよ』

「だって、今までそんなこと言わなかったじゃん」

『そりゃ、今までは実家住みの学生だったんだから、遠慮するだろ』

年末年始泊まりで出かける大学生なんかいくらでもいるけど？　と思ったが、そのへんの頑固さではおそらく負けるし、志緒はもう学生じゃないから反論は飲み込んだ。飲み込んだのに「あ、今納得いかない顔してるだろ」と突っ込まれた。

「知らない。自分じゃ見えないし」

『俺にはすんごい鮮(あざ)やかに見えてるな～。まあ、そんなわけで旅行解禁させてください』

「どこ行く？」

『志緒ちゃんはどう?』

「んー……」

急に言われてもすぐには答えられない、でも繁忙期だから行き先は早く決めたほうがいいに決まっている。志緒は心に浮かぶ曖昧な希望を挙げていった。

「寒くないとこ、暑すぎないとこ、人が多くないとこ、でも静かすぎないとこ……」

『ふんわりしてんなー。海外と国内だったら?』

「国内かな。海外疲れそう」

『海と山なら?』

「どっちでもいい」

『じゃあそれらを踏まえて三日以内にいくつか候補挙げるってことでどう? もちろん、志緒ちゃんも具体的な地名思い浮かんだら教えて』

「うん——あ、ちょっと待って、今のなし」

『何か問題ある?』

「やっぱ先生に決めてほしい。先生がどんなとこ選ぶのか興味ある」

『え〜』

「お願い。文句言わないから。クリスマスプレゼントはそれがいい。もちろん旅費は自分で払う」

『まじで言ってんの?』

「うん」

やだよプレッシャーだよとしばらく抵抗されたがお願い攻撃を繰り返すとしぶしぶ「分かった」と応じてくれた。

「よろしくお願いします」

行儀よく頼むと「とんでもない宿題もらっちゃったな」と苦笑する。ちょっと眉根を寄せ、眉尻は下げた表情を、今度は志緒が鮮やかに思い描ける。

『じゃあ頑張って考えよ――志緒』

「ん？」

『すぐ「行く」って返事してくれてありがとう』

当たり前じゃん、と言おうとしてやめた。

「そういうところが怖いって思ってんじゃないの、ほんとは」

『当たり前じゃん』

こっちがキャンセルした言葉を、向こうが口にする。

『でも怖いところに惚れたんだしさ――長電話しちゃったな、ゆっくり休みな』

「……うん」

年末年始、年末年始、早く来い。念じていると却(かえ)って熱が上がりそうだ。携帯を枕もとに置くとき、部屋の扉の下に紙が落ちているのに気づいた。わずかな隙間から差し込まれたものらしい。拾い上げると、雪だるまの柄の便せんに美夏の字でメッセージがあった。

『しーちゃん　早く元気になってね。クリスマスとお正月はいっぱい遊ぼうね！』

　嬉しくて笑う、と同時に軽く胸が痛んだ。


　熱も下がって無事に職場復帰を果たしてからしばらく経った頃だった。帰宅するなり美夏が「しーちゃん！」と突進してくる。それ自体は日常の風景なのだが（でもきっと五年後には失われている）、足取りの慌ただしさや弾んだ声から、妹が興奮しているのがわかった。

「おかえり！　あのねあのね、嵐くんから手紙がきてねっ」

「ただいま、よかったじゃん」

　長く文通を続けてくれる知人の厚意に心の中で感謝しつつ美夏をあしらい、手洗いうがいに向かうと、手紙を持ったまま洗面所にまでついてきた。

「来週の水曜日、用事があって東京に来るんだって！　しーちゃんが一緒に来られたら会おうかって！」

「え？」

　手と口内をすすいでからその手紙を読むと、確かにそのようなことが書いてあった。しーちゃんの都合がよかったら、親御さんが許してくれたら、という条件が、嵐らしい控えめさで。もちろん、妹が喜ぶようにしてやりたいし、志緒だって嵐に会いたいが。

「平日の昼とか夕方に時間取れるわけないだろ。悪いけど諦めて」

「えー！」

案の定、美夏は腰に飛びついて抗議してくる。

「有休取ってよー。嵐くんと一緒にパンケーキ食べたいよー」

「よくそんな言葉知ってんな……駄目なものは駄目」

原則論で言えばどんな理由で有休を取得しようと自由のはずだが、それでも心情的にかなり抵抗があるし、嵐もそこまでは望んでいないだろう。

「けちー！」

猛攻をどうにかかわして自室に入り、携帯を見ると嵐からメールが入っていた。概ね、美夏への手紙に書いてあった内容で、志緒に先に打診すべきだったのに遅くなった旨の謝罪もプラスされていた。

志緒は感謝の気持ちと、妹もそれは会いたがっているけど今回は自分の時間が取れない事情を打ち込み、ごめんなさい、と締めくくって返信する。

夕食のためダイニングに降りると、今度は母親が食い下がられていた。

「何でみーは嵐くんと遊んだら駄目なの？　しーちゃんなんか旅行行くんだよ？」

俺を比較対象にすんなよ。

「お兄ちゃんは自分で働いてる大人だからいいの、美夏はまだ小学三年生でしょ」

保護者の同伴が必要なら、いっそ母親も交えて、あるいは家にきてもらって……とちょっと考えたが、嵐の負担が大きい。そもそも、あくまで用事のついでなのだから、迷惑をかけるわけにはいかない。

「今度、土日でタイミング合った時な」

「絶対？」

宥めるためにあいまいな約束を持ち出すと担保を求めて詰めたくなるのが子どもの性、自分もそういうタイプなだけにわかるのだが、ため息が洩れそうになる。

「絶対はなし」

「何で！　意地悪ー！」

ひとしきり騒いでも要求が通らないと見るや、妹は拗ねて二階へ戻っていった。やっとゆっくり食事できそうだ。

「やれやれって感じね、お兄ちゃん。佃煮もあるけど出そうか？」

「ううん」

母親はテーブルの真向かいに腰を下ろすと「どう思う？」と尋ねた。

「何が」

「美夏。あの飽きっぽい子が、町村さんとの文通はずっと続いてて、手紙が届いたら毎回大喜び」

いいんじゃない、と志緒は適当に答えた。

「でも最近は、書いた手紙見せるのも、町村さんからの返事読まれるのも渋るのよ。どうしても見せなきゃ駄目？　とか言って」

「そりゃそうだろ」

保護者にオープンなかたちで、というのが嵐からの条件だから、いやがろうとルールは変わらない。

「別に後ろめたいこと書きたいわけじゃなくて、親には知られたくない気持ちだって本人なりにいろいろあるに決まってるし、成長してる証拠じゃん」

「それは分かってるんだけど……」

母親は不満、というか心配げだった。

「こっちは町村さんの顔や人となりなんか何も知らないんだもの」

「前にちゃんと言ったよ」

志緒が通っていた大学の生協のお兄さん、美夏がひとりで大学に来た時保護してくれて、それ以降も何度か顔を合わせるたび優しくされたのですっかり懐(なつ)いてしまった——まあ、情報として乏(とぼ)しいのは分かっている。志緒には、嵐が絶対に妹を傷つけるような人間じゃないという確信があるが、親にとっては違うのも。妹は好奇心旺盛で向こう見ずな性格だし、小学生ながら私学に電車で通っている身だから、心配が尽きなくて当然だ。キッズケータイが一〇〇％の安全を保証してくれるわけもない。

「いつまでも、単なる親切心で赤の他人の女の子と文通なんかしてくれる？　その人、いくつだっけ？」

「俺より二歳上」

「ご結婚とかは？」

ああもう落ち着かないな。志緒は箸を置いて「そんなの答える必要ある？」と少々きつく訊き返した。

「保護者としてどうしても心配で、検閲した手紙でもいやだって思うなら、はっきり言えばいいじゃん。俺から町村さんに伝えるし、それで怒るような人じゃない。でも俺は友人を疑われたっていう事実を忘れないし、美夏だってそうだろうけど」

「脅すようなこと言わないでよ」

母親の口調もつられて強くなる。

「お母さんは、ただ――」

ヒートアップしそうな会話を中断したのは、扉を開け放った美夏の「やめて！」という声だった。二階に上がったふりをして聞いていたらしい。しまった、と大人ふたりは同時に自らのうかつさにはっと口をつぐむ。

「けんかしないで」

「してないよ」

嘘じゃないが、美夏はぶんぶん頭を振ってから絞り出すように「嵐くんは悪くないよ」とつぶやいた。

「嵐くんは悪くないから……嵐くんを悪く言わないで」

それだけ言うとまた身を翻した。今度は、二階まで駆け上がっていく足音と部屋の扉を閉める音が聞こえたから間違いない。志緒がもそもそと食事を再開すると母親が「え」と抗議の声を上げた。

「ひょっとして、わたしが悪者になってるの？」

「お疲れ」

「ちょっと！」

「後でちゃんと話すから」

と軽く片手を上げ母を制する。

「今はあいつ興奮してるし、そっとしといてやって。泣いてるとこを親に見られたくないって、その程度のプライバシーは尊重されるべきだろ」

「はあ……」

母は、息子の分まで肩代わりしたように盛大なため息をつき「親なんか損ばっかり」と愚痴った。

「だね、ごめん」

「ほんとに思ってる？」

「思ってるよ。……さっき、検閲って言ったのはよくなかった。反省してる、ごめんなさい」

すると今度は笑い混じりに嘆息する。

「子どもが大人になったらなったで寂しい気もするのよね。……家、もう決めたんだっけ？」

「うん」

「たまには顔見せにきてね」

「どのぐらいの頻度(ひんど)で？」

「志緒くんの良心に任せる。まあ、あんまりひとり暮らし満喫してると美夏が突撃していくだろうけど」

「住所教えないで」

「何言ってるの、あの子楽しみにしてるんだから。しーちゃんがうちを出てったら、しーちゃんにもお手紙書けるねって」

「ノーチェックで？」

「迷うわ」

　食べ終わって自分の部屋に戻ると、案の定、勝手に入り込んだ妹がベッドの中におこもりになっていた。

「美夏」と声をかけると布団をかぶったちいさな塊(かたまり)はむくっと起き上がり「嵐くんに言うの？」と問いかけた。

「文通やめろって？　言わないよ」

「だってさっき……」

「言わないって」

ベッドに座ると、予想に反して妹は泣いてはいなかった。ただ、赤い目で志緒を探るように見つめる。

「町村さんは悪くない、もちろん美夏も、母さんも悪くない。分かるだろ?」

「うん」

こくっと頷いてから「でもいやなの」と訴える。

「ママが、嵐くんのことを変に思うのがすごくいや——『変な人』がいるのは知ってるよ、でも、嵐くんは絶対に違う……」

美夏はちゃんとわかっている。母親が娘に対してどういう種類の心配をしているのか、そしてそれが親として間違いじゃないのも。

「そうだな」

掛け布団を剝(は)がして美夏の頭を撫でる。

「町村さんは絶対違う」

「さっき『絶対はなし』って言ったのに?」

「そういう時もある」

「ずるーい」

志緒の腕にしがみついて笑う。志緒は、嵐について決して多くを知っているわけじゃない。でも、嵐からは、どこか桂と似た寂しい気配がする。喪失(そうしつ)と秘密のにおいだ。志緒の恋人はどんな他人にも一線引くことでそれを隠していたが、嵐は逆に、自身の間口を広げて風を通し、澱ませまいとしている気がする。どっちがどうという話ではなく、日常を生きるためにそれぞれが選んだ対処法なのだろう。志緒は、桂に焦がれたように、嵐の秘密を知りたいとは思わない。なるべく触れずに知らん顔で、嵐が傷つかない接し方を保ちたい。……だからこそ、たちの悪い人間との関係にはつい口を挟みたくもなるのだが。

「みー、何歳になったら嵐くんとふたりで遊んでいい？」

なかなか答えに困る質問だった。

「それは、俺なしでってこと？」

「うん」

いとも明快に返ってくる。いや、いいけど別に。

「……とりあえず、高校卒業してから」

「あと十年もあるじゃん！」

「九年な」

「四捨五入したら十だもん」

猫みたいに志緒の腕に頬を擦りつけ「ほんとはね」と言う。

「手紙、やめようかなって思う時もある」

「何で」

「みーが出して、嵐くんの返事が来るかなって待ってるのが、わくわくするだけじゃなくて、怖いもん」

ぎゅうっと両手でワイシャツの生地を波立たせる。

「もう来ないかも、みーのこと忘れちゃうかもって思うの。だって嵐くんは大人だから、みーの小学校の話を読んでもほんとはおもしろくないでしょ？　でも、嵐くんは返事をくれて、そしたらまたみーは嬉しくなっちゃって……」

驚いた。九年しか生きていない妹が、こんなに複雑にものを考え、理解していることに。誰かを想う甘さと苦さが彼女の胸の中に鮮やかに芽生えていることに。やばいかも、と志緒はひそかに危ぶむ。まじなやつじゃん。数年後どころか数カ月後にどう転んでいるかも定かでない子ども心とはいえ。

でも自分が「無理だからやめとけ」とか先回りする問題じゃないし、何より兄妹の似通い方を冷静に考慮すると火に油の可能性も高く――お兄ちゃんが悩んでいる間に父親が帰宅し、妹は「あ、パパだ！」と出迎えに走っていった。なのでひとまず懸案は棚上げして風呂に入り、上がったら携帯に嵐からの着信があった。かけ直すと案の定用件は美夏のことで「ほんとごめん」とひたすら謝られた。

『まずしーちゃんに話通しとかないとって思ってたのに、つい手紙が先になっちゃって……みーちゃんにもぬか喜びさせて悪かったたな』

「いや、こっちこそそいつも気を遣わせて申し訳ないです。今度、妹から不満たらたらの手紙がいくかもしんない」

『まじめに読んで返事書くよ。ところでサラリーマン生活はどう？　って、経験ない俺が訊いても意味ないか』

「思ってたよりしんどい局面と思ってたほどじゃなかったなっていう局面が交互にやってきて読めない感じ？」

『んー、大変そう』

「町村さんは？」

『別に。相変わらずかな』

「ふうん」

嵐の実家は東京で砂時計の工房をやっていて、嵐は修行のため、岐阜のガラス職人のところに下宿している。

「こっちに戻ってこないの？」

『まだ何年も経ってねーだろ』

「そうだけど……椨さんが東京に帰ったら？」

ぐっと踏み込んでみると「その名前出す？」とちょっと声が動揺したものの、はぐらかしたりはしなかった。

『いろいろ考えはするだろうけど、別に変わんねーよ。今だって同じ県内に住んでるってだけで、何カ月も会わないの普通だし』

「ああ、確か研究施設の居住区みたいなとこで暮らしてんだよね」

『そうそう、何度説明されても意味の分からん研究』

「まあ、極秘に宇宙人の解剖とかしてても驚かないけど」

『だな』

嵐はちょっと笑った。身体に気をつけて、と言い合い電話を切ると、妹の体温がほのかに残るベッドに横たわって考える。今さらだけど、俺があれこれゆるく見逃されてきたのは、男だからだな。

悪いことをした。ずるいこともしたし、たくさん嘘もついた。今もって後悔していない自分を、申し訳なく思う。何度やり直しても、志緒は同じ十五歳の日々を選ぶ。仮に記憶を持ったまま時間を遡ったら、とても慎重に慎重に、平均台よりもおそるおそる、かつて辿った道をなぞり直すに違いない。だって数ミリでもずれたら、未来が変わって桂が手に入らないかもしれない。

でも、俺が「未来を分かってる」っていう状態が、すでに影響を及ぼして未来に不確実性が生じるんだっけ？　シミュレーションゲームのように、同じ選択をし続ければ毎回ルートに沿ったエンディングを迎えるわけじゃなくて分子レベルの誤差さえ枝分かれを左右する……ああこういうのって椊さんの分野かもしれない――ゆるりとした眠気がやってくる。

そして夢を見た。志緒は中学生で、桂が現れるのだけど、夢の中の自分は誰だかわからない。

その、見知らぬ男が志緒に言う。

――手洗いうがいをちゃんとしろよ、受験生。

あ、知ってる人かな、とそこで思う。遠い親戚？　かかりつけの医者？　とても優しげな笑顔で自分を気遣ってくれているのに、どうしてか志緒は悲しくてたまらない。

――インフルエンザになんかならないように。

何でそんなこと言うの、と訊こうとして目が覚めた。ただの夢だと気づいてからも、炭酸が喉を通り過ぎていった後みたいな悲しさの余韻はなかなか消えなかった。

翌週の水曜日、気になって急いで帰宅すると、ふだんどおりの妹に「おかえり！」と出迎えられた。

「きょうはおでんだって！　志緒ちゃん卵いくつ食べる？」

「雑煮の餅じゃあるまいし、ひとつでいいよ」

「えー、みーは三つぐらい食べたいよーでも口もお腹ももこもこになっちゃうんだよね」

「美夏、きょう体育あったんでしょ、体操服、洗濯かごに入れといてね」

「あ、はーい」

妹がいなくなったタイミングで母親に「どうだった？」とこっそり尋ねると「別に何も」という答えだった。

「一応GPS見てたけど、いつもの電車に乗っていつもの時間に帰ってきた。スイミングにも機嫌よく行ってたし……文通に関してはとりあえず現状維持で静観することにしたから、落ち着いたのかも」

「そう」

ほっとしたような、何だそんなもんか、と思わないでもないような。まあ美夏がどんなに会いたがったところで、嵐が共犯になってくれるはずもない。最初から何も起こらなかったように和(なご)やかな食卓を囲み、部屋に戻ると美夏がついてきた。

「ねえねえしーちゃん」

「何だよ、宿題見てほしいのか？」

「もうやったよ！　そうじゃなくて……しーちゃんは、秘密を守れる？　ママにもパパにも言わないって約束してくれる？」

「は？」

もじもじしながら志緒を窺う妹に、逡巡(しゅんじゅん)したが「守れるよ」と請(う)け合(あ)った。

「言ってみな」

美夏はクッションの上に座ると、待ってましたと言わんばかりの勢いで「きょうねえ！」と口を開いてから慌てて声をひそめる。

「……嵐くんに、会えたよ」

「どうやって」

「駅で帰りの電車待ってる時、反対っかわのホームに立ってたの」

と美夏は言った。

「みーは、嵐くんだ！　って思って、そっちに行こうとしたんだけど、嵐くんが首振って、しーってしたの。だから、来ちゃ駄目って言ってるんだなって分かった。すぐ電車が来て、乗って、窓のところに行ったらみーに手を振ってくれて、ホームの端っこまで走ってついてきてくれた……」

記憶を噛みしめるようにゆっくり話すと「えへへ」と照れ笑いし、かと思えばぱっと、両膝を抱え込んで額を押しつけ動かなくなった。言葉にしたせいで、改めてこみ上げてきた感情の大きさを処理するのに時間がかかっているのだと思う。こぼれそうではみ出しそうでそんなのもったいないから絶対にいやで、何にも希釈(きしゃく)されたくなくて。同じ気持ちを、志緒も知っている。

「よかったな」

志緒は声をかけた。ほんの数カ月前、美夏が言ってくれたように。幼い魂がどこへどう転がっていくのか誰にも分からないけれど、せめて、今、この瞬間だけでも、いい思い出として焼きつくよう祈りをこめて。線路越しに、大好きなお兄さんが手を振ってくれたこと。

「会えて、よかったな」

「うん……」

そして夜遅くなってから嵐に電話をかけた。きょうのこと聞きました、と切り出すと、なぜか緊張した声で「うん」と返ってくる。

「妹、喜んでた。わざわざありがとうございます」

『よかった、怒られるかと思った……』

「え、何で」

『みーちゃんが喜んでくれたっていうのとは別問題で、反則の自覚はあるからさ』

「そこに関して非難する権利がないいんで」

『おにーちゃんなのに？　……誰かと一緒だったらすぐ消えようと思ってたけど、ひとりでいてくれたから。久々に顔見られて嬉しかったよ』

嵐の「嬉しい」は、もちろん嘘じゃない、でも美夏のそれとは質も量も違う。当事者ではないが、俯瞰(ふかん)できる立場の志緒はすこし哀しくなった。

「前にさ、美夏から手紙がこなくなったら寂しいって言ってたよね」

『うん』

「でも、何年も続いても困るよね？」

『えー？　別に……いい気分転換になってるよ。毎日田舎でガラス溶かしてるばっかで、報告するほどの近況もないのが恐縮だけど、ていうか続かないって』

軽く流され、分かってないな、とじれったくなる。

『あ、もちろんあの子が薄情って言ってるわけじゃなくて、今後子ども用じゃない携帯持たせてもらって、友達とかとハイペースで情報交換するわけだろ。そしたら、手紙なんてのんびりしたやり取りからは自然に遠ざかると思うし』

「それが正しくて健全な発達とか成長だって思ってる?」

『うーん……「正しく」って言われると、びびる。俺がジャッジする問題じゃないかな』

嵐の困惑が伝わってきて、志緒は慌てて「ごめん」と謝った。

「詰めるつもりなかったんだ、忘れて。そういえば、美夏の学校の最寄り駅よく分かったね」

ちょっと話題を変えるだけのつもりだったのだが、嵐は非常に言いにくそうに「いや、実は栫がさ」と打ち明けた。

『昔、初めて大学で会った時、みーちゃん制服着てただろ? それで覚えてて』

「うわ、気持ち悪い」

つい遠慮なく悪態(あくたい)をついてしまった。

『や、あの、別に特殊な意図があってのことじゃないと思うから』

「うん、知ってる、あの人の場合ストレージがでかすぎて情報を消去する必要がないだけだよね。まあ、俺からの一応のお礼伝えといて」

『一応ね、了解』

嵐はおかしそうに答えた。


十二月二十三日、志緒は休みで、桂は休みだけど休みじゃなかった。学校のスケジュールとしては冬休みに入っていても、補習や三年生向けの特別授業のために登校している。午後から買い物をして桂の部屋に行き、ひとりで夕食の支度を始めた。自分に失敗なく作れるレベルで多少のクリスマス感は欲しい、とあれこれ考え、メインはチキンのレモンクリーム煮にした。あとは温野菜のサラダと買ってきたスモークサーモン。ケーキはいらないと言われたから、代わりにちょっと高いいちごとシャンパン。だいたいの準備ができたところで「あと三十分くらいで帰れそう」とメールが来た。じゃあ帰ってくるのは一時間後として、直前に料理を温めてバゲットを焼いて……おおよその段取りを頭の中で確認しておいてから、何となく部屋の中を見渡す。きょう、旅行の行き先が発表される予定なのでけっこうそわそわしていた。どこかに雑誌とかパンフ置いてないかな、とマガジンラックを探ってみたが手掛かりになるものはなかった。そもそもの自分の希望がいたって漠然としていたので、桂がどこを選んだのか見当もつかない。

室内でいちばん存在感を放っている家具、本棚の前にしゃがみ込む。先生んちの本棚は図書館っぽい、と思う。整然と分類されている、という意味ではなく（むしろ雑然と詰め込まれている）、ラインナップが多岐にわたっていて、真新しいものよりは年季の入った蔵書が目立つところ。引っ越す前もだいぶ取捨選択に悩んだらしいが「最近の本はいざとなったらまた買い直せるし、電子書籍もあるから」という理由で、もう絶版になった本、古本屋で入手したぼろぼろの本を優先的に保護していた。

――人の手に渡った本が、俺は好きなんだよね。汚いからって嫌う人も多いけど、どんな旅を経てきたのか想像すると楽しいから。

中には、本物の「図書館の本」もあった。透明なフィルムでコーティングされ、書架の分類番号のシールや「〇〇図書館蔵」の判子が押してあるやつ。もちろん盗んだんじゃなくて、持ち帰り自由の棚からいただいてきたものらしい。

——地元の図書館とか、教育実習先の図書室とか。ちょっとした記念に。

そういえば、志緒の母校からはどんな本を選んだのだろう。文庫本が並ぶ中に、いただきものらしき一冊を見つけたので抜き取り、裏表紙を見ると知らない高校名のラベルがあった。今勤めているところとも違う。じゃあ、教育実習先か——……桂自身の、母校。何となく後者の気がした。裏表紙をめくると、日付の判子がびっしりとひしめくちいさな紙が貼り付けてある。バーコード管理される以前の記録なのだろう、「貸出」「返却」の欄を見比べるだけでけっこう楽しかった。一日で返却した人間はおもしろくて読み切ってしまったのか、それともつまらなくてすぐ返したのか、二カ月も借りたままにしていた誰かは怒られたんじゃないだろうか、六人目と七人目の間は三年も空いている、この本は書架でじっと手に取られるのを待っていた……。最後の日付は三十年以上前だった。やっぱり「先生の高校」な気がする。作者は、志緒も国語の教科書で名前を知っているくらいの有名な作家だが、残念ながら内容は忘れてしまった。小中のどちらかで、今手にしている物語じゃないのは確かだ。だって裏表紙のあらすじに「不倫」の二文字があるから。少々ぶっそうなタイトルを、桂の口から聞いた覚えがある。そうだ、以前手紙の話になった時「怖い」みたいな感想だった。

どんな話なんだろう。短い概略だけではない中身を知りたくなった。十八歳（たぶん）の桂が選んだ物語。

表紙からめくり直したタイミングで、桂が帰ってきた。急いで本を戻し、立ち上がる。

「ただいまー。あーすっげいいにおいする」

「おかえり、お疲れさまでした」

桂は志緒の顔をまじまじ見て「やせたな」と言った。

「インフルの間、全然食べられなかったから」

「いやけっこう経っただろ」

「胃がちっさくなったみたい。言っても二、三キロだけど、急に減るとなかなか戻らないんだよね」

「なんつーうらやましい台詞だよ……きょうはいっぱい食えよ、俺がつくったんじゃないけど」

自分の手料理だとなおさら食欲はうすれるのだが、「うまい」と喜んで食べてくれる桂につられてここ最近では目覚ましく食べた。

「あしたの朝はごはん入れておじやにできるよ」

「いいね」

ボトル一本は飲みきらなかったシャンパンと、残しておいたいちごでゼリーも作って冷やしている間に「さて」と桂が切り出した。

「例の件なんだけど」

「あ、じゃあ俺から先に渡すね、クリスマスプレゼント」

「ありがとうございます」

長方形の包みを渡すと、桂は「何だろ」と嬉しそうに軽く振ってみたりする。

「酒……じゃないな、そこまで重くないから。よし、開けるよ」

「どうぞ」

「……お、かっこいい、ランタンのライト?」

「そう、LEDのやつ」

明るさも光の色も変えられるし、キャンドルみたいに揺らめかせることもできるし、読書灯にもよくて、充電式だから停電時にも役に立つ――販売元のサイトで見たままのセールストークを展開すると「何でプレゼンみたいになってんの」と笑われた。

「すげえよさそうだね、さっそくきょうから枕もとに置こう」

「うん、じゃあ次、先生」

「え、プレッシャーだなー、ってもう予約したけど」

「別にどこでもいいよ」

志緒は言った。

「一緒に行けるんならそれ以外は気にしない。忙しいのに、どこがいいかなって考えてくれた時間だけで嬉しいから」

「あ、くそ、かわいいな……でもそんなにハードル下げてもらうとそれはそれで微妙……」

「いいから早く教えて」

「短気！　えっとじゃあ発表しまーす……行き先は、別府(べっぷ)」

べっぷ、と志緒も口にしてみる。沈黙が流れた。

「……めちゃめちゃテンション下がってません？」

「え、違うよ、別府って何があるんだろうと思って」

地図上の大分県は思い描けるけれど、別府市の位置までは定かでない。

「海と山と温泉と地獄」

「地獄？」

「いやガチのじゃなくて、そういう、名所巡り的な？」

「ふうん、何だ、いろいろあるね」

「あ、これで納得してもらえんだ……湯布院(ゆふいん)も考えたけど、おしゃれ成分でひたひたになってそうな観光地って苦手でさ」

「何それ」

分かるような分からないような表現にちょっと笑い、志緒も「ありがとうございます」とお礼を述(の)べた。

ランプの灯がちろちろと揺れる。そっと手をかざしても熱くはない、造りものの炎を志緒はふしぎな気持ちで眺める。

「……ちっさい子のいる家だったら、安全だけど危険かもね」

「ん？　ああ、火の怖さを学習できないから？」

「そう。ＩＨとかもだけど」

「確かに。子どもの頃、意味もなく父親のマッチ擦って怒られたりしたなー。むしょうに魅力的なんだよね。本能なのかな」

美夏の話をすると、桂は仰向いたまま「せつないねえ」と前髪をかきあげる。

「それだけ？」

「えー？　うかつな発言をするとブーメランが刺さってくる話題だから……妹ちゃんのほうが、志緒ちゃんより自制心あるね」

「どういう意味」

むっとして顔を覗き込むと、頬に手が伸びてきた。

「しーってされたぐらいじゃ思い留まらないだろ」

人差し指が、唇に触れる。戒めでも何でもない、ごくごく軽い接触なのに志緒は「そんなことない」と反論できなくなる。

「ホームに飛び降りて、線路飛び越えてくるに決まってる」

その光景が見えているかのような眼差しだった。夢で見たのかもしれない。桂の手を取って指の背に唇を押しつけた。薬指に光る銀色。

「それで、先生が困るんだ」

「そうだねえ――でも困ったところで、結局抱きしめちゃうだろうな、来てくれたら。だから俺のほうがたちが悪い」

そういうふうに自分を悪く言う時、桂はやわらかく笑っている。

「夢、見たよ」

「どんな？」

「先生が、たぶん後悔してて、修正しようとする夢、かな」

「なるほど、半分合ってる」

「どういう意味？」

「さっきの話と一緒だよ。どうせ後悔しても我慢できない。何度やり直せたって変わらない。そのたび後悔を上塗りして、上塗りしたぶんだけまたお前を手放せなくなるんだ」

おいで、と呼ばれて桂の上で唇を重ねる。後頭部をやさしく撫でる手。この体温が、身体が傍(そば)にない人生なんて考えられない。でも考えられる桂のほうこそが、より得難(えがた)く思ってくれているのかもしれない。それが嬉しかった。

優しい笑顔で遠ざけられてなんてやらない。何度でも、何度でも後悔させてあげる。

目を閉じても、ピントが合ったりぼやけたりするような、儚い光の呼吸をまぶたの皮膚で感じた。上下の歯の間を舌先でこじ開けられるとまつげがふるえる。

「ん——先生」

「盛り上がってきたからちょっと触らせて」

無防備な裸の、背すじの溝をするすると行き来する手の動きに、腰の内側がざわざわ粒立ってくる。

「あ、やだ」

「触るだけ」

「触り方が、やらしい」

「だってその気になっちゃったし。最後まではしないから」

「駄目だよ……」

俺が我慢できなくなっちゃうじゃん、と、単純に恥ずかしいから耳許でちいさくささやいたのが、逆にスイッチを入れてしまったらしい。尾てい骨からさらに下、際どい箇所に指先が這わされる。

「や」

「大歓迎ですけど」

「やだってば」

身をよじると、下腹部を擦りつけるような仕草になってしまいますます焦る。

「志緒」

ぐらつきそうな声出すな。

「りょ、旅行の時に取っとくんだから……」

「え、そんな理由？」

時間帯にはふさわしくない声を上げて桂が笑う。

「かわいーなーもう」

「うるさい」

「がぜん楽しみが増した、どうしよう小道具とか持っていったほうがいい？」

「知らないよ！」

離れようとした志緒の背中を抱きしめ、お返しみたいに耳のすぐ傍で吹き込んできた。

「じゃあ頑張って溜めときますんで、旅先できっちり責任取ってね」

熱い息が、一瞬だけ耳たぶを、ランプと同じ色で染めたかもしれない。


羽田空港にふたりでいるのは、高一の秋以来だった。思えば今まで、旅行らしい旅行などほとんどしてこなかった。志緒がインドアで苦にならないタイプなのと、学校の先生というのは何だかんだ忙しくて、まとまった休みが取りにくいせいもある。

「二泊もするの初めてだね」

「『も』って、全然小旅行の域だけどな」

「でも先生大旅行はできないじゃん」

「そーだねー、大っぴらに休めるのってやっぱ新婚旅行？　いつか法改正されて結婚したら地中海でもエーゲ海でも、どーんと行こう」

「海好きなの？」

「いや何となく」

志緒はちょっと笑って「楽しみにしてる」と答えた。

「でも、先生が定年迎えて暇になるのを待つほうが早そう」

「あと四半世紀後ぐらい？　かもね」

お互い預けるほどの荷物はないので、チェックインしてそのまま保安検査場に向かう。

「先生、飛行機の中で本読んでていいからね」

「え、どういうこと」

「嬉しい？」

「いや嬉しいっていうか、逆にきみは俺とお話したくないの？」

「クリスマスに会ったばっかだし」

「ええ……」

「だって読むもの持ってきてるんでしょ」

「あるけど、ないと落ち着かないってだけで是が非でも読みたいわけじゃないよ」

「俺、先生が本読んでるとこ好き」

「喜んでいいのか分からん」

と桂は不本意そうにしていたが、いざ機内で着席するといたって自然に広報誌を読み始め、読み終わると前のポケットに突っ込んでいた本に手を伸ばす。魚が酸素のあぶくに向かっていくような、当然の生態とも思える動作だった。もちろん何か話しかければすぐ「ん？」と中断して向き合ってくれるだろう。でも志緒は妨げにならないよう、そっと横目で盗み見る。深夜や明け方、ベッドの中でそうするように。

横顔の眉がわずかに険しくなったり、あるいはやわらいだりする。ふっと頬をゆるめたり、唇を引き結んだり、口元がかすかに動いて、声にならない言葉を発している時もあった。何年も見守ってきたので、今では微妙な表情の移り変わりや瞳にこもる熱量から、物語そのものに引き寄せられているのか、ただ文章を味わっているのか、結末まで見届けようという義務感が大きいのか、うっすら察しがつくようになった。志緒は、本を読む桂の横顔を読んでいた。ＬＥＤランプの灯から本物の火を感じることはできない、でも、燃焼の熱さや火傷の痛みを現実以上に鮮やかに教えてくれる言葉が存在し、桂はそんな別世界にたゆたう時間を必要としている。

志緒のかばんにも、うすい文庫本が一冊忍ばせてある。桂の本棚で見つけたものを書店で買い求め、冒頭を読み始めたばかりだった。ひとりの男をめぐる三人の女の手紙からなる短編はミステリー色が濃く、純粋に続きが気になっている。みどりという女が好みの男について語るくだりで「襟足（えりあし）の手入れが行き届いてレモンの切口のようにすかあっとして居（お）り」と表現されていたのがおもしろかった。

そういうとこ見るんだ。

二時間足らずの空の旅はあっという間で、機内に着陸準備を告げるアナウンスが流れた。

「――こら」

扉をノックする時みたいに、桂が指の関節で志緒の頭をごく軽く叩いた。

「見すぎ」

「こっそり見てたつもりなんだけど」

「きみは自分の目力をもうちょっと自覚しなさい」

と言われても、特別目が大きいというわけじゃないし、目つきが悪いと言われたこともない。本人に分からないものは控えようもない。

「ごめん、邪魔だった？」

「いーえ」

本に糸しおりを挟んで閉じる。

「照れるだけ」

「今、どんな本読んでる？」

「んー……」

桂はすこし考えて「ＪＫの物語」と答えた。

「え……」

「おい引くな」

「ＪＫなんか仕事で毎日見てんのに、って思っただけ」

「誤解を招きそうな言い方もやめなさい、それとこれとは全然違うから」

そう言い合っている間にも飛行機はぐんぐん高度を下げ、毎度ひやっとする軽い振動とともに無事着陸した。空港に降り立つと桂が「ちょっと温泉っぽいにおいすんな」と言う。硫黄（いおう）に似たにおいらしいが、志緒にはよく分からなかった。レンタカーを借り、四十分ほどかけて別府市内へ向かう。

「地獄に行ってくるって言ったら、妹がめちゃ食いついてきた」

「閻魔（えんま）さまがいるって思うのかな？」

「学校がキリスト教系だからたぶんサタンのほう」

「ハイカラだね」

と運転席で笑う。

「志緒ちゃんは、サタンが何で地獄にいるんだと思う？　サタンがいないとか地獄がないとかはなしで」

「神さまに逆らったから」

宗教的教養を試されているはずもないだろうが、そんな単純すぎる答えしか思いつかなかった。

「ほかにあったっけ？」

「いや、俺も知らない」

「何それ」

「怒んなよ。ペルシャの神話だと、サタンが神さまを好きすぎたからなんだって」

「意味分かんない」

「ほら、サタンって元天使だろ？　その時代に、神さまが『わたしだけに仕(つか)えよ』って言ったんだ。なのに、後から人間を造って、それを天使より上の存在だって決めて、サタンは神さま以外に従うのを拒(こば)んだせいで地獄に落とされた」

「え、ひどいじゃん神」

「知り合いみたいに言うなよ。それで、何でサタンがずっと地獄にいるかっていうと、最後に聞いた神の声が『地獄に落ちろ』だったから、らしい」

「片想いなんだ」

絶対の相手だからこそダブルスタンダードを受け容(い)れられず、絶対の相手だからこそ離れても離れられない。

「永遠のね」

神も悪魔も、およそ人間の倫理で推(お)し量(はか)れる存在ではないのに、そのおとぎ話は人間より人間くさく愚(おろ)かで、せつなかった。服従も反逆も、その果ての孤独も、すべてが愛に根ざしている。愛の理不尽や不公平を理屈でほどこうとしたって無理だ。天国にも地獄にも行ったことがないけれど、無理なのは知っている。

「——あ、でも、片想いかどうかはわかんないかな」

桂がわずかに目線を上げ、天上の誰かを窺うように言った。

「『何が何でも従え』とか『消えろ』じゃないから。目の前にいられるのがつらかったのかも」

「勝手」

「神さまだからしょうがない。『いとしい』の語源って『厭う』なんだよな。見たくない、気の毒、いやだ……そういうのが転じて、好きで胸が苦しい気持ちを意味するようになった」

見たくないからここにいるな、でも、ずっとそこにはいろ。愛情はねじれる。裏返り、逆さまになる。それでも無にはできない、神話とはつまり、愛そのものへの祈りなのかもしれない。

「美夏には教えないでいよう」

「そう?」

「何でひどいよって、納得してくれないと思う」

「健全な反応だね」

海っぺりの空港から出発したのに、いつの間にか街並みとその先の水平線が眼下にあった。空は、海の青を軽く水で溶いたように淡い晴天だ。家々のあちこちからほこほこ白い煙が上がっている、あれはきっと温泉の湯気なのだろう。特に絶景というわけではないのだが、初めて見る景色、知らない土地、そこに桂とふたりで来たというだけで目も心も喜んだ。

「あ、見えてきた、地獄に着いたな」

ここでいう地獄とは、人が入れない温度・成分の温泉や熱泥(ねつでい)を指す——程度の予習はしてきた。種類の違う七カ所をオリエンテーリングみたいに回る「地獄めぐり」が観光名所だということも。公式サイトに「別府地獄組合」と恐ろしげな名前があってちょっと笑ってしまった。位置関係ははっきり把握できていないのだが、桂が「遠いほうから回ろうか」と向かった駐車場の近くには「血の池地獄」という看板が立っていた。

「通しの券買ったら、全部入れるみたい」

受付で「隣の竜巻地獄から行ったほうがいいですよ」と教えられた。

「もうすぐ時間ですから」

早く早くと急(せ)かされ、何のと訊く間もなくただチケットを買い、すぐ近くの竜巻地獄に入った。中にはごく浅い泉があり、奥には岩を積んだ縦長(たてなが)のスペースがこしらえられていた。

「あ」

その、岩場の奥からぷしゅっと湯が飛び出したかと思うとたちまち勢いを増して細く天へと噴き上がる。もうもうと湯気が立ち込め、周りを取り囲む階段状のスペースに満員の観光客から歓声が上がった。

「なるほど、間欠泉(かんけつせん)なんだな」

仕組みを解説した大きな立て看板があり、休止時間が三十〜四十分に対し噴出時間は十分足らずと書かれていたので運がよかった。

「これ、上にも岩が置いてあるからこれ以上高くならないんだよね。蓋(ふた)がなかったらどれくらいまで行くんだろう」

五メートルくらいの湯柱(ゆばしら)を見上げる。

「さあ。危ないからこのへんにしといてって感じなんだろうね」

もっともっと高く、まっすぐ空を指し、熱いしぶきをそこらじゅうに振りまいたら爽快(そうかい)だろうと思う。地獄というからには、天に焦(こ)がれなくては。噴出はやがてすこしずつ衰(おとろ)え、息をひそめてしまった。これからはまた充電タイムだ。

「おもしろいね」

志緒は桂に言った。

「連れてきてくれてありがとう」

「え、これで？　そんなにも？」

何なんだ、と桂は苦笑する。

「テーマパークには全然興味ないくせに……でもよかった、血の池見ようか」

血の池地獄には、予想どおりというか赤茶けてどろっとした池があった。

「七十八℃だって、こえー」

「落ちたら死ぬかな」

「死なないまでも大火傷じゃねーの」

ゆっくり周囲を一周して、また駐車場に戻る。近くを歩いている女の子たちが「次の地獄どこだっけ？」と至ってカジュアルに口にしていて、このネーミングとか、周囲がのんびりした温泉地なところとか、海が見下ろせるところとか、いろんな要素でここが好きかもしれない、と思う。

「あと五つはちょっと離れたとこにあるから」

途中、好きな食材を自分で蒸して食べられるセルフかまどで昼食をすませ、残りの地獄を消化していった。フェンスに囲まれた養殖池みたいなところでわにが折り重なっているエリアもあり、何でだろうと思ったら温泉の熱を利用して飼育しているらしかった。縦一線に裂け目のような黒目が走る眼球や閉じた大きな口からはみ出す牙は完全に猛獣の風格なのだが、狭い水場で動かない彼らは妙におっとりと見えた。

「どこから来たんだろ」

フェンス越しにわにの一群を見下ろして志緒はつぶやく。

「南米とかオーストラリアとか？」

「まさか日本の温泉地で飼われるなんて思ってもみなかっただろうね」

「あ、さっき歌碑見なかった？　佐佐木信綱が似たようなこと詠んでたよ」

志緒はほとんどまともに見ていなかったが、桂はちゃんと内容をチェックしていたようだった。興味の差がこんなところに出る。

「『湯ぶねのゆ　ほのあたたかみわにの群(むれ)　そが故郷(ふるさと)を忘れたるらし』——だって」

「ふうん、どういう意味？」

「いや分かるだろ普通に」

「久しぶりに先生の授業聞きたいなと思って」

「『らし』は推定の助動詞です」

「それだけ？」

「志緒ちゃんが制服着てくれたら考える、保健限定で」

「へえ」

「冗談だから！　もうねその無表情、怒られるより怖い」

　地獄も残り二カ所になって、うちひとつの鬼石坊主(おにいしぼうず)地獄に行くと、緑がきれいに植わった庭園風景の中に、粘土(ねんど)を煮詰めたような灰色の熱泥がぽこぽこと半円のあぶくを浮かべる池がいくつもあった。

「ギャップがすごいね」

「昭和っぽい地獄多かったのに、ここはやけに新しいよな」

　そんな話をしながらマフラーを巻き直した時、繊維(せんい)が引っかかり、やせて細くなっていた薬指から指輪がするっと抜けていった。

「あ」

腰よりひくい位置の柵に落ち、かつんと内側に跳ね返った瞬間、志緒は何も考えず身を乗り出し、手を伸ばす。指輪の行方しか見えていなかった。

「志緒！」

背後からぐいっと胴体を抱えられ、引き戻される。反動で後方に転びそうになったが、そこは桂がこらえた。そしてその時点でも志緒の頭はすっぽ抜けた指輪でいっぱいだったので振りほどこうとすると「馬鹿!!」と風圧を感じるほどの剣幕で怒鳴られた。

「何やってんだ！　落ちたらどうなると思ってんだよ!!」

そう、確かに案内板には温度九十八℃とあった。確実に大火傷でもすまない。

「だって」

「何がだってだ、どこに言い訳の余地があんだよ」

桂は志緒に「動くなよ」と命じて腕をほどくと、泥の池の反対側に回り込み、手すりの隙間から腕を伸ばして指輪を拾い上げた。池がちいさかったおかげで、対岸まで飛んでいってくれていたようだ。

「……ありがとう」

「ありがとうじゃねえ、危ねーから没収」

と、指輪をコートのポケットに突っ込んでさかさか歩き出す背中はまだはっきりと怒っていた。

「ごめんなさい」

早足で追いついて謝っても反応がない。

「先生」

今度は急に立ち止まり、片手で顔を覆(おお)ってはーっとそれはそれは深いため息をついた。

「指輪なんか、いくらでも買い直せるんだからさ」

「はい」

「もしさっき取り返しつかないことになってたら、もう指輪買ったとこから、何ならそのずーっと前から、俺が一生後悔するはめになってたって分かってる?」

「……ごめん」

そういう後悔は絶対にさせたくない。桂はもう一度嘆息してから志緒の頭をぐいっと抱き寄せた。

「つって、直んないんだもんなあ。性分(しょうぶん)だし、そこにやられちゃったのに文句ばっか言うのもねえ」

志緒の髪をぐしゃぐしゃかき回す手つきで、懸命にさっきの動揺や心配を飲み込もうとしているのが分かった。

「気をつけるから」

桂の背中に腕を回して言った。

「頼むよ」

その言葉の信憑性(しんぴょうせい)は正直自分でも定かではないが、とりあえず笑ってはくれた。

最後の海地獄は、光るように鮮やかなコバルトブルーの温泉が乳白(にゅうはく)の湯気をもうもうと立ち昇らせていた。海、と名がついてはいるが、海の青とは決定的に何かが違う、本能が警告を発するたぐいの美しさだった。

「入浴剤みたいな色」

「入浴剤のほうがこれに寄せてんだろ――あ」

桂が不意に顔を上げ、その理由は志緒にもすぐ分かった。ぽつっと、つめたいしずく。空一面を覆うには至らない、うすく引き伸ばされた雲がぱらぱらと残り物みたいな雨を降らせ、構わずにいることもできたのだが、「雨宿りするか」と誘われて近くの土産物屋に入った。

「先生、何か買う?」

「学校に適当な茶菓子、帰り空港で買うからいいや。志緒ちゃんは?」

「俺もそうする」

人混みを避けて二階に上がると、ちょっとした展示室みたいなつくりで、別府の歴史や温泉の豆知識なんかが紹介されている。写真やパネルを見るともなしに見ていると桂が「牛や馬が落っこちて骨だけになったことあるんだって」と言った。

「やっぱ地獄なんだ、ここ」

「人間みたいに悪さしてねーのにな。お、これ見て、温泉水って五十年で入れ替わるんだって。今降ってる雨も、五十年後には地獄の一部だ」

地球ってすげえな、とスケールの大きい感心をするので笑い、「五十年後にまた来ようか」と遠い約束に頷いた。定年なんて目じゃない将来の話、ふたりともじいさんだから、温泉もきっと今より似合うだろう。

「先生、忘れないでね」

「誰かさんに寿命を縮められてこの世にいない心配のほうをしてくれ」

五十年先。しわくちゃの手をつないで、きょうの雨を思い出すかもしれない未来。後悔も不安もとうにうすれて消えそうな過去、反面で相手を置いていなくなる瞬間の想像がリアルに頭の中にある――生きていたら、の話。二十四歳の志緒にはまだ未知の世界、でもあしたやあさってを積み重ねていけば到達する世界。五十年後より、すぐ目の前のあしたなら確実なんていうことはない。

分からないし、今は分からなくてもいいけど、どんな世界でもこの人が隣にいてくれますように。

それさえ叶えられれば、後はもう、何でも、どうでも。


温泉街から下って海沿い、別府湾に面したホテルにチェックインした。ロビーのすぐ外にあるラウンジは、ソファにかけると目線の高さに水平線が広がっている。海と空、視界の両端に見えるのは国東半島と大分のコンビナートだと、フロントのスタッフが教えてくれた。こんなにすこーんと抜けた景色、東京ではなかなか見られない。志緒は特に都会を窮屈だとも息苦しいとも思わないが、あまりにもシンプルな青と青のツートンの眺めに、ふだん自分がいかに過剰なモノや情報に取り囲まれて暮らしているのかを思い知らされた。

海風は穏やかで、海面もほとんど波立たず静かだった。ホテル自体は交通量の多い国道に面しているのにふしぎなほど騒音が届いてこない。春や秋なら何時間でもこの静けさの中でぼんやりしていられそうだが、十二月はさすがに寒い。客室に移動すると、そこもやはりみごとなベイビューだった。備えつけのイラストマップを見つけ、テラスから見える景色と答え合わせする。

「石油コンビナートとか火力発電所、見えるね、あの赤白の煙突、クレーンがあるのは製鉄所」

「うん」

「あっちが北で、日出町(ひじまち)と大崎鼻(おおさきばな)……ほんとに湾だね、愛媛の端っこも見えるっぽいけど、きょうは水平線がかすんでてよく分かんない」

「うんうん」

肩越しに覗き込んでくる桂の、間近さを急に意識して「近いよ」と横に移動する。

「何で近くちゃ駄目なんだよ」

不意に訪れる照れの波みたいなものを分かっているくせに、拗(す)ねた口ぶりで尋ねる。

「志緒」

腕を引かれ、腕の中へ導かれる。抱きしめられると力が抜け、唇を甘噛みされると腰が抜けそうになる。夕暮れの手前の、すこし褪(あ)せかけた午後の光が部屋の中に射し込んでいて、ブラインド全開の明るさに緊張したが、窓の外には空と海しかないのだった。誰もいない。さっとちいさな影が横切ったと思えば鳥で、みゃあみゃあとかすかな鳴き声が響く。ウミネコだろう。

志緒は桂の背中を抱き返し、貪られるままを受け容れ、自分の舌を餌のように差し出した。やわらかく食い込む歯の感触に喉奥からじんと痺れて頭の芯が蜜を含まされたように甘ったるくふやけていく。

「……つめたいな」

唇の裏側を舌先でなぞり、耳を指でいじりながらささやく。

「耳も鼻も……ラウンジで冷えちゃったな。風呂入るか。部屋の露天も温泉だけど、大浴場とどっちがいい？」

「んっ……どっちでも」

舌足らずな声で答えると、桂は両手で志緒の頬を挟み、じっと目を合わせてきた。

「……なに？」

「不正解」

「え？」

「『先生以外に裸見せたくないから部屋風呂』って言ってくんなきゃ……俺が引っ越しした時のこと、もう忘れちゃった？」

覚えている、それは。銭湯に連れて行きたくない、と言われた。

「そんなの、自己申告したらバカじゃん」

「俺のバカに合わせてよ、そこは」

額の熱を分け合う。確かに、共同の風呂場なんて行ける気がしない。このお連れさまに恋していないふりなんて、無理だ。

テラスの露天風呂からは、細いネット越しに海を望めた。源泉かけ流しだからなるべく水を足さず、熱さをこらえて浴槽に入った。くせのないさらっとした泉質で、普通の湯とどう違うのかよく分からなかったが、つめたい外気に触れながら湯船に浸かるのは快い。いつもの入浴より深い場所の筋肉をほぐしてくれそうだ。

自分比で長風呂をして桂と交代すると、ベッドに転がって本を読んだ。ちょうど、海の場面だった。別府ではない荒れた夜の海、沖で漁船が燃えているのを見て、女はひとつの覚悟を決める。「二人で悪人になろう」と男から持ちかけられ「いっそ大悪人になりましょう」と応える。その回想から最後まで一気に読みきると、胸の上に文庫本を伏せ、自分の部屋でも桂の部屋でもない天井を仰いだ。本としての質量以上の重みがかかり、心臓が鳴っている。

まだ高校生の時、同じように桂の本を読んでどきどきした。何も知らなかったから、大人のひそやかな情事の物語に、未知の世界にひとり興奮した。今は違う。

火の熱さを知らなくても本は教えてくれる、でも、その温度を、恐ろしさを、美しさを知ってから読むと、ことばはいっそう深く濃く血肉に染み渡ってくるだろう。「二人で悪人になろう」という告白は指先まで電気が走るほど甘美に響いた。女の歓喜と安らぎの両方が志緒には理解できる。

湯当たりに似た余韻に逆らわずただ横たわっていると、桂が脱衣所に出てきたので慌てて本を枕の下にしまった。

「はー気持ちよかった……湯冷めするぞ、布団もかけずに」

「ちょっとのぼせたから」

「いや結構時間経ってんだろ」

　頬に手の甲が押しつけられた。

「ほら、やっぱ冷えてる」

「先生が風呂上がりであったかいんだよ」

　とはいえバスローブ一枚の姿だったので、そろそろ着替えたほうがいい。顔の輪郭や顎の下に添ってくる手に、動物みたいに懐きながら上体を起こした。

「部屋着、何かあったっけ」

「引き出しに浴衣と作務衣入ってた、どっちがいい？」

「作務衣」

「え、浴衣にしようよ」

「やだ、脚がすーすーするし」

「いや断然浴衣だろ、絶対似合うから」

「嬉しくないし、訊いといて押しつけてくるってなに！」

「この二択で浴衣を押しつけない男がいるわけねーだろ？」

「もういい自分で取ってくる……テレビの下の引き出し?」

ベッドから下りようとすると、肩を押されて視界がくるっと四分の一回転する。

「どっちにしても、着る前に脱がすけど」

いつもより体温の高い指先が鎖骨の間から胸の真ん中を撫で下ろす。あ、とそれだけで素肌に火を入れられてしまう。

期待をしていたせいだ。指先がぶ厚いパイル生地の下に潜ると、乳首を引っ掛けるように往復して尖らせる。布に隠れて見えないその動きを想像して喉が鳴りそうだった。風呂に入る前まで部屋を満たしていた午後の陽射しはとうに翳り、熟しすぎた果物に似た濃い琥珀の夕闇が桂の顔や身体になまめかしい陰影をつくっていた。桂の影が落ちている、志緒の身体はどうだろうか。

「ん」

指の側面に挟まれ、上下に擦られた尖りはなおも硬くなり、出すものもなく腫れる。出口のない発情を宥めるそぶりで這わされた舌はむしろ生温かく発情を煽り、濡れた表皮から快感が侵食してくる。

「あ……」

「志緒」

「ん、んっ」

乳首を嬲った口唇が、今度は口腔を撫で回す。興奮で旺盛に分泌された唾液をかき混ぜ、どちらのものか分からなくした。目を閉じているから、脇腹やへその下を探る手のひらの感触にさえ過敏で、その手がとうとう下腹部の決定的なところに伸びていくと喉の奥がきゅっと引きつった。桂はこめかみや眉間にくちづけを移動させせながら性器を刺激する。開かされた脚のつけ根でわだかまるバスローブの繊維がかすかに擦れるのさえ、性感として認識してしまう。

「あ、あぁ……や」

手の愛撫をじっくりとトレースした唇が、熱を孕んだ昂ぶりにまで辿り着いた。体液に満ちたなめらかな口内に導かれると射精の衝動は一気に跳ね上がった。

「あ……っ、あ、あ」

湿潤に包まれた性器の表面で、内側で、血が沸きたって巡るのが分かる。唇で締め上げながらの上下に呆気なく先端は潤み、だらしなくこぼし始めていた。それはたちまち唾液と混じって膨張の根元から奥にまで伝っていく。

「……いやっ」

指先が後ろを拡げ、窪んだ終着点に体液を誘導する。そしてぬるぬると表面を行き来するから、性器と別の熱源が呼び覚まされるざわめきにおののいた。おののきは発情と一体で、先端を吸い上げられると指の腹が密着した孔も収縮し、咥えたがり、手繰りたがる。反り返る背面を片手で扱きながら裏側を舌で摩擦する。膚の上でひっきりなしに快感のあぶくがぽこぽこ膨れた。

「志緒、気持ちいい?」

「あぁっ……!」

桂が、鈴口に舌先をねじ込んで尋ねる。

「やだ、ばか」

「教えて」

「わ、分かってるじゃん」

「でも聞きたいんだよ」

「あっ」

危うい部分をくすぐるだけだった指先がとうとう体内にまで忍んできて、感じる場所のすこし手前をさする。

「や！　んん……っ」

「志緒」

「あ、気持ちいい、けど、」

「けど?」

「そんな、あれこれしないで……」

「何言ってんだよ、バカだな」

軽い口調で、でもなかの指を短く前後させてぬかりなく刺激する。

「やぁ……！」

「こっちは手が足りなくてもどかしいのに。全身一気に触ったり舐めたりしたいよ」

「やだ、おかしくなる」

「だからそれが見たいんだって」

こんなことを言われてぞくぞくと感じてしまっている自分はとっくにおかしいのかもしれない。

「もういきそうだね、ここ」

「あっ！」

ぎゅっと握り込んだ手で摩擦をきつくし、充血して赤らんだ先端には口唇の吸引で解放を促す。情欲で張り詰めきって痛みさえ覚えるそこは、とうとう制御を手放して精液を放った。

「あ、ああっ!!」

びくびくと波打った身体は射精しきっても疼きを逃しきれず、弱い感電状態のまま脱力してしまう。

「大丈夫？」

「んっ……」

髪を撫でられても声が洩れる。桂は「ちょっと待っててな」といったんベッドを離れ、すぐにジェルを持って戻ってきた。

「あ、だめ、まだ」

「まだじゃなくて、今だからいいんだろ――ほら」

「ああ……」

潤滑剤をまとった指が今度は遠慮なく挿ってきて、喩えようもない違和感と興奮が骨にまで響いた。

「いったばっかだから、やわらかい」

「あ、や、あぁ、っ」

さっき触れてもらえなかった箇所をぴたぴた圧迫されると勝手に腰が揺れる。快感で柔軟に内部が熟れると指が増やされ、そのきつさをまた快感でほどかれてしまう。指の長さいっぱいにまさぐられると逆に届かないところがうずうずとむずかる。快楽は浅い場所でも得られるけれど、いっぱいに拡げられ、息もできないほど充たされるあの瞬間を待ち詫びずにいられなかった。

「あっ、あっ、先生……」

出し入れと、敏感なポイントを擦られる交互の刺激で粘膜全体がひくひくうごめき、身体の内部の波がうねる。

「いい？　もう一回いく？」

「や」

かぶりを振って力の入らない両手を差し出す。

「も、だめ——きて、おねがい」

「志緒……っ」

桂は両手を取り、下肢（かし）を割り込ませるとぐっと引き寄せながら性急な挿入を果たした。

「あぁあっ！」

張り出した頭部がひと息にねじ込まれる、圧倒的な蹂躙（じゅうりん）に目の前で実体のない火花が散った。それが指で弄られたせいでかすかに硬くなった体内のしこりを抉って奥へと侵入していくと、涙で火花がにじむ。

「あっ、ああ、あっ……」

激しい律動にすぐ手がほどけてしまう。それをつなぎ直そうとはせず、桂は大方がはだけていたバスローブを完全に左右に開き、志緒の腰をがっちり固定して速く強く突き上げた。心臓と同じペースで下の口が拡がっては締まる。

「やぁ、あ、ああ！」

「あー……こんなとこまでやせちゃってんじゃん」

具体的にどこなのか志緒には分からない。うすい皮膚に食い込んだ指の力と全身を揺さぶる性交で頭が暴発しそうだった。

「やばい、指の痕つくかも」

「んっ……いい、よ」

「まじで大浴場行けなくなるぞ」

「いいってば」

隙間なくなかを犯す男の性器を味わいながら笑ってみせる。

「先生にしか見せないから」

行為に上気していた桂の顔が、より赤くなったのが分かった。それはすぐにぱっと伏せられ、同時に咥えた昂ぶりがまたぐっと著しく勃起する。

「んんっ！」

「お前な……不意打ちすんなよ、危なかったー……」

「言えって言ったくせに」

「いや嬉しいけど」

前髪をばさっとかき上げながらちょっと苦しげな照れ笑いを浮かべ、眉根をきつく寄せるのはいきそうで切羽詰まっている時の表情で、どきっとした、その心の動きがじかに身体に出てしまう。

「あ、ばか、締めんな」

「……してない」

「嘘つけ」

「あ、やだっ」

膝の裏を抱えて腰が浮くほど大きく持ち上げると、体勢の恥ずかしさにもがくのをものともせず、さっきまでより大きな動きで抜き挿しを始めた。

「あ、や、あ、あっ、あっ！」

「きつ……」

間断なくそそがれる快楽は性器にも流れ込み、また硬直して出したがる。

「もっと、奥までいかせて」

「え、あ、だめ……！」

ぐっと脚を上体に押しつけられたと思えば、桂がさらに食い込んできた。

「いや、っ、ああ、あぁっ！」

「すげ、びくびくけいれんしてる」

「ん、先生、先生……っ」

志緒には、どくっどくっと内で暴れる雄の脈しか分からない。そして頭上からはけものじみた荒い息遣いを浴びせられ、志緒は、桂にしか聞かせない喘ぎで応える。

間違えたい。過ちを、ふたりで繰り返し続けたい。

「あ、志緒――いくよ」

「ん、俺、もっ、あ、ああ、あっ……！」

獰猛に弾けた後の身体が重なってくるのを受け止める。青いインク壺の中に落ち込んでしまったような部屋にはふたりの情交の気配が溶け、もうウミネコも鳴いていない。呼吸と鼓動の途切れ目にかすかな波音が耳をくすぐっていた。


またシャワーを浴び、ベッドでじゃれ合っているうちにどちらからともなく眠りに落ち、「志緒ちゃん」と揺り起こされるまでの体感は三秒にも満たなかったが、室内はベッドランプの明かり以外闇に沈んでいる。

「ごめん、寝過ごしたな、もう十二時だ」

「んー……別によくない？」

旅先だし、一年の疲れを清算する時期だし。

「いんだけど、ホテルのレストランとっくに終わってるし、ルームサービスもないから。腹減っただろ」

「朝まで耐える」

「俺が無理、駅前まで出てみようか、飲み屋の一軒ぐらい開いてるだろ」

夜中まで勤勉に働いているフロントのスタッフにこの時間から入れるおすすめの居酒屋を訊いて、真夜中の短いドライブに出かけた。別府駅すぐのアーケード通りの中にある地魚と地酒の店で、志緒は魚の切り身を甘めのたれにつけた「りゅうきゅう」という郷土料理が気に入った。「おいしいです」と言うとマスターが漬けだれのレシピを教えてくれて、東京に帰っても好きな時に自分で作れると思うと嬉しかった。思い出が食べられるかたちになるのは幸福なことだ。

志緒がドライバーだったので店では飲まず、その代わりコンビニでアルコールを仕入れて部屋で飲んだ。ソファでだらだらと、しゃべったり黙ったり、テレビをつけたり消したり、合間に軽く触れるだけのキスを何度かしたり、特に何もしていない何でもないゆるい未明、でもいつかの未来に振り返ったらこんなことばかり覚えている気がする、そういう時間だった。得難さは往々にして過ぎてから痛感するものだから。

明け方になって桂が「酔い覚ましに散歩しようか」と言い出した。

「うん」

ホテルのすぐ近くが公園だった。みごとな松林が広がっているのは、防風林の役割もあるのだろうか。昔行った沖縄の海をすこし思い出させる。いつかきっと、この旅を思い起こすタイミングもくる。記憶のレイヤーが重なっていって、似たところも違うところも深い色合いになっていく。それが時を経ることの値打ちだと思う。人間でも同じことが言えるけれど、「恋愛」の分野に関しては桂以外を重ねるつもりはない。

排水溝の蓋から白い水蒸気が漂っていて、とことん温泉の土地なんだと思った。地面を掘ると温かい水に行き当たる、というのはすごく豊かな気がするが、あの数々の地獄みたいにとんでもないものだって湧いて出るかもしれない。

木立を抜けて海岸ぎりぎりまで行くと、茶色い砂地に大きな石がごろごろしていて、ビーチには不向きだ。波打ち際の石を、海は静かな呼吸で繰り返し洗う。ちゃぷ、ちゃぷ、とささやかな音さえ遮るノイズがなかった。

「ここ、上人ヶ浜って言うんだって」

桂が教えてくれた。

「何か、あの世みたいな名前だね」

「そうかあ？」

と笑う。笑った顔も、怒った顔も、抱き合っている時の顔も、志緒を意識の外に追いやって本を読んでいる時の顔さえ、この世でもあの世でもいちばん好きだ。

濡れないぎりぎりのところを、手をつないで歩いた。防波堤にちいさな白い灯台が建っていて、緑の光を点滅させている。

「あそこ、確か観光港」

「東京まで行けるかな？」

「大阪とか神戸じゃなかったっけ……そこ、滑る（すべ）から気ぃつけろよ」

「うん」

しっかり握り合う手、白む（しら）直前の、星を残した紺青（こんじょう）の空、寝息のように打ち寄せるやさしい波。肺を膨らませるしんしんと澄んだ空気。沖に燃える船は見えない。もう、ここがあの世でもいい気がしてくる。

「志緒ちゃんは、港って行くところだと思う？　帰るところだと思う？」

「何それ、心理テスト？」

「いや、今読んでる本に『旅立つ場所っていうより帰ってこないといけない場所みたい』っていう台詞があったから」

「ＪＫの？」

「そう」

「さすがだ、若いね」

「きみが言います？」

「もう二十四だよ」

「若い若い」

「ていうか先生は二十七で年寄りぶってなかった？」

「えー？　記憶にないけど」

とぼけているわけじゃないと思う。きっと、十五の志緒のことも桂のほうがよく覚えているだろうし。

「帰ってくるとこがなかったら疲れないかな」

「あらかじめ、ここ！って決められるのが窮屈、みたいな」

「俺は、最後は決まってて、それまではどこに行っても許される、っていうのがいいな」

志緒は言った。

「ゴールが見えてることで自由になれるんだと思うし。だから帰るところかな」

「なるほど」

Uターンしてホテルに引き返す。強い風に肩を縮めると、桂が肩を抱いて「好きだよ」と言った。

「どしたの、急に」

「思ったから。好きだなあ、楽しいなあって。未だに、落ちてく瞬間がある」

「ありがとう」

「……こっちの台詞」

桂にとっての港は、行くところか、帰るところか。たぶん志緒と同じだから、訊かなくてもいい。

短い散歩は楽しかったものの、それなりに凍(こご)えた。「風呂、一緒に入ろうか」と言われて、いつもなら「やだ」と秒で断るのに、旅先の開放感とちょっとハイだったのもあって頷いてしまった。でも了承した以上、恥ずかしがるほうがもっと恥ずかしいので自分でも不自然と分かるほどの仏頂面(ぶっちょうづら)で浴槽に沈む志緒を見て桂はずっと笑いを噛み殺していた。夜の間に湯温も下がり、湯加減はちょうどよくなっていた。かけ流しでいつも満タンの湯船から勢いよく湯があふれ、罪悪感を覚える。

「愛媛、きのうよりはっきり見えてんな」

「ほんとだ、空気きれいなのかな」

密着せずにすむ広さだから徐々に緊張もほぐれ、ゆったり手足を伸ばせるようになってくる。すみれの花を溶かしたような夜明けの空が遮るもののないスクリーンだった。国東半島の端っこにぽつんと光が見え、こんな時間に何だろうと目を凝らしているとそれはすこしずつ移動していた。

「船だ」

「どれ？　あ、ほんとだ、こっちくる」

小島みたいな黒い影が明かりをまとって、静かに進む。近づいてくるというよりどんどん大きくなっていく感じがした。車や電車と全然違う、音もない接近に目が離せなくなり、浴槽のへりに両肘をついて網越しに眺めていると、無防備な背中にやわらかい刺激が与えられた。肌の水滴を吸い上げるようにくっついてきた唇。

「ばか、何やってんの」

振り向いてにらむと、ちっとも堪えていない笑顔で「背中きれいだったから」と返ってくる。

「答えになってない」

「船見てていいよ」

「じゃあ邪魔すんなよ！」

すると桂はますます楽しそうで「お静かに」なんて人差し指を立ててみせるのだった。

「左右も、何なら上下も同じタイプの客室だからね、朝風呂に出てこられたら聞こえるかも。ほら、また近くなった。『さんふらわぁ』かな」

気づけば両腕で囲われていて、ここから逃げようとあがけば無用な声や音を立ててしまいそうだ。だから志緒は「へんなことすんな」と効き目のない釘を刺してまた背中を向けた。とたん、吸いついてくるくちづけ。ちくりと痛痒を覚えるくらいきつく吸引すると出来栄えを確かめるように指でなぞる。痕くらい好きなだけつければいいけど、どうして今ここでなのか。

「んっ……」

こめかみから頬へ、顎へ伝い、滴ったのは湯か汗か。湿ったうなじや肩にもあちこちキスをされ、身体の内外が火照り始める。

「あ、もう、のぼせる」

と訴えたらさすがに解放してくれるのかと思いきや、桂は「立ってみ」と志緒を促した。

「風にあたったらすぐ涼しくなるよ」

深めの浴槽だから膝上までは湯に浸かったまま、網越しに大型船を見下ろす。桂も一緒に立って志緒に覆いかぶさり、ネットに絡む指に指を重ねて耳を噛んできたりする。

「や、だって……」

ボリュームを絞った制止はほとんど吐息で、何の抑止力も持たない。いたずらと愛撫の中間みたいな接触に素肌は冷めず、背中に密着する男の体温でキスマークがぽつぽつと発火しそうだった。

「志緒、キスして」

首をねじり、苦しい体勢で精いっぱい深く唇を重ね、視界の端で海をとらえる。

フェリーの船体に描かれたオレンジのマークがはっきり分かる。これから昇ってくる太陽だ。何層にもなった船室の窓、その輪郭を彩るいくつものライト、何だか巨大なバースデーケーキが運ばれているみたいだ。この港が「行くところ」である誰か、「帰るところ」である誰か、志緒も桂も知らないいくつもの人生、いくつもの世界を積んで、この朝とともにやってくる。声もかけず、手も振らず、でも彼らの断片を確かにこうして見届けている。

おはよう、さよなら。

ホテルのビュッフェで朝食を取ると、桂から「きょうはドライブしよっか」と提案があった。

「どこに？」

「阿蘇山は？　行ったことある？」

「ない。でも熊本って遠くない？」

「いや、二時間ぐらいだと思う」

「じゃあちょうどいいね」

別府市内から山の方面へ走ると、ホテルや湾をはるかに見下ろす標高まであっという間だった。湯布院を過ぎてやまなみハイウェイを西へ、渋滞の気配さえなく車は進む。雪化粧のくじゅう連山に雲の影が淡墨のようににじんでいた。海と空、と同じくらい、山と空の取り合わせも飽きないもので、すこしも退屈しないまま阿蘇市内へと至り、「ほら、教科書で習っただろ、カルデラ」と教えられれば、確かに辺りを山に囲まれ窪んだ地形で、驚いた。同じ温泉地でも、熊本の景色は大分ののどかさとまたすこし違う無骨な味わいがあった。

「阿蘇山、噴煙もくもく上がってんなー。たぶんロープウェーやってないから、草千里まで行くか」

「草千里って？」

「行けば分かるよ」

阿蘇パノラマラインという道路を、カーブを繰り返して登っていく。左へ、右へ、逆らわず揺れていると、茶色い草原が広がる野っ原みたいな場所がひらけていた。

「ほんとだ、草千里だね」

「正式には草千里ヶ浜だけどな」

「ここも浜なんだ」

レストハウスの並ぶ駐車場に車を停めて外に出ると、山だから当たり前に寒い。別府よりものすごく寒い。しかも風がびゅうびゅう吹きつけてたちまち歯の根が合わなくなる。車の数に比べて人影が少ないのは、みんな屋内にいるからだろう。でもせっかくだからとスロープ状の展望デッキを凍えながら歩いていった。道路を挟んだ向かいの草原には馬小屋らしい建物や、でかい水たまりなのかちいさな池なのか、とにかく浅く水をたたえたところがあって、遠目にも氷が張っているのが分かった。積雪まではしていないものの、地面が凍結してスロープの手すりにもびっしり霜がついて、気を抜くと向かい風に足を取られて転がりそうだ。

強風で息がしにくく、また息を吸うたび肺にきらきらと氷の粒が入っていくようなつめたい苦しさを覚えた。

「遭難しそう」

声を張らないと通らないのでまた苦しい。もちろん阿蘇山はみじんも揺らがずそびえ、その口から地球そのものの息吹を吐き出している。

「寒すぎると笑えてくんの何でだろうな」

周囲を見下ろせる場所までようやくたどり着き、立ち止まったらまた寒い。耳も唇もすぱすぱ切れ目が入りそうなのに、なだらかに重なりゆく麦わら色の草原がいっせいに風になびき、うねりの模様をつくる光景が美しくて去りがたくもある。色に乏しく荒涼としていながら、どうしてこんなに豊かに見えるのだろう。

「巧妙に写真撮って、海外来てますって言ったら通用しそうだな」

「たとえばどこ?」

「んー……モンゴル? アイルランド?」

「そのふたつ、全然違うと思う」

「何となく、何となくだよ」

遮るものなく吹きすさぶ風にぎゅっと目をつむり、温泉みたいな息を吐きながら「ここ、きてみたかったんだ」と桂がつぶやいた。

「……高校時代の教科書に三好達治の詩が載ってた。『もしも百年が この一瞬の間にたつたとしても 何の不思議もないだらう』って、そこだけはっきり覚えてる。どんなとこなんだろうって思ってた。納得だな」

「そうなんだ」

とだけ、志緒は答えた。初めて読んで、想像した時、隣にいたかもしれない他人のことは考えない。

いのに、自分たちだけで千里の百年を過ごせたらいいのに。

迷いなく、負い目もなく、そう言い切ってくれたから。この草の海が本当に千里も続いていたらい

「志緒ちゃんとこられてよかった」

「うん、俺も」

「手、出してみ」

コートのポケットから右手を出すと「返してあげる」と指輪を嵌めてくれた。ふたりともの手が寒さにぶるぶるふるえていて、ここで落としたら今度こそ紛失だなと思った。探している間に凍死する。

「車、戻ろうか」

「うん」

行きより慎重に坂を下りながら、桂が「高校といえばさ」と声を上げる。

「枕の下にあった本、あれ、志緒ちゃんの？」

ばれたか、まあいいや。

「そう」

先生の部屋で見つけて興味出たから、と素直に白状した。

「あれ、やっぱ先生の高校の本なんだ」

「うちにあるやつはね、ていうかまじで何なの、きみのその嗅覚は」

「犬じゃないし。……何であれを選んだの？」

「いやもう忘れた、ほんとに。単純に面白かったからだと思う」

みぞれのような細かい氷の粒でうっすら白く染まった道には、行きしなのふたりの足跡だけが残っている。それをさくさくと踏みしめながら歩く。

「手紙が三通出てくるだろ、長く一緒に過ごしてきた女がさ、全員言うことが違って、見えてるものも、それぞれにとっての真実とか矜持(きょうじ)も違う、でもお互い永遠に知らないままで……個々人の世界って分かんないし交わらない、それに救われない気も、救われる気もしたんだ」

「うん――分かる」

レストハウスでコーヒーをテイクアウトし、車に戻ってかじかむ手を温めた。凍(い)てついた血管が解凍され、循環を再開させると今度はむずがゆくなる。

「ああ、どっかで昼めし食って帰って、風呂入って晩めし食って風呂入っていちゃいちゃして風呂入って寝たらもうおしまいじゃん」

「まだ結構残ってるけど」

「えー……志緒さん、お願いがあるんですけど」

「なに？」

「延泊……は年末だし無理だろうから、あした、俺んちに一緒に帰ってくんない？　空港で別れるのかと思ったら、もう寂しい。旅の時間って濃いから、終わって急に0％になっちゃうと泣きそう」

「寄ってってこと？」

「年越ししてってこと。……駄目？　もうおうちで餅用意されちゃってる？」

「いや餅なんかどうにでもなるじゃん」

志緒はコーヒーをひと口飲み、ある秘密を教えてやった。

「家には、最初から一日に帰るって言ってあるけど」

「え？」

「先生が帰れって言っても押しかけるつもりだったし」

来年から、いろいろと新しいことが始まる。だからその最初は、桂と迎えたかった。

「何だー……周到だな。やったぜ」

桂がほっとシートにもたれる。

「うん」

志緒はそっと身体を寄せ「悪人なんだ」と耳打ちした。まいった、というような恋人の笑顔が、この旅における自分への土産になるだろう。